E. K. JOHNSTON

STAR WARS™

A ESPERANÇA DA RAINHA

São Paulo
2025

Disney · Lucasfilm

Grupo Editorial
UNIVERSO DOS LIVROS

Star Wars: A esperança da rainha é uma obra de ficção. Todos os nomes, lugares e situações são resultantes da imaginação dos autores ou empregados em prol da ficção. Qualquer semelhança com eventos, locais e pessoas, vivas ou mortas, é mera coincidência.

Diretor-geral
Alessandro Gerardi

Gerente editorial
Marcia Batista

Produção editorial
Letícia Nakamura
Raquel F. Abranches
Victoria Viana

Tradução
Felipe CF Vieira

Preparação
Monique D'Orazio

Revisão
Guilherme Summa
Tássia Carvalho

Arte
Barbara Garoli
Renato Klisman

Ilustração de Capa
Tara Phillips

Design de Capa
Leigh Zieske

Dados Internacionais de Catalogação na Publicação (CIP)
Angélica Ilacqua CRB-8/7057

J65s

Johnston, E. K.
Star Wars : a esperança da rainha / E. K. Johnston ; tradução de Felipe CF Vieira. – São Paulo : Universo dos Livros, 2025.
240 p.

ISBN 978-65-5609-681-0
Título original: *Star Wars: Queen's hope*

1. Ficção norte-americana 2. Ficção científica
I. Título II. Vieira, Felipe CF III. Série

25-1811 CDD 813.6

Universo dos Livros Editora Ltda.
Avenida Ordem e Progresso, 157 — 8º andar — Conj. 803
CEP 01141-030 — Barra Funda — São Paulo/SP
Telefone: (11) 3392-3336
www.universodoslivros.com.br
e-mail: editor@universodoslivros.com.br

Para todas as rainhas solitárias:
meu bem, você não está dançando sozinha.

HAVIA UMA GAROTA QUE não tinha nada, e ela não estava contente. Seu mundo era difícil, sombrio. Ela cresceu cercada de areia e miséria e estava sempre com fome porque sempre faltava comida. Suava enquanto trabalhava sob os sóis do deserto e congelava quando o calor evaporava. Sua família havia desaparecido e não havia ninguém para confortá-la desde quando era pequena.

Mas a garota tinha algo, uma crença que ninguém podia tirar dela. A garota tinha fé na bondade inerente da galáxia e nas forças que a faziam funcionar. Embora ninguém se importasse com seus sentimentos ou futuro, ela se importava com as pessoas ao seu redor e mostrava isso com pequenos gestos. Ela não sabia, mas isso a tornava especial. Outra pessoa talvez se perdesse sob a mesma pressão e se voltasse para o ódio. Mas ela era sempre generosa, sempre oferecia ajuda para quem precisava, porque ela não podia conter seu espírito.

Enquanto crescia, ela aprendia mais sobre como a galáxia funcionava. Os Jedi e sua cruzada para manter o equilíbrio. A República e suas leis que não podiam protegê-la. Mas para ela existiam apenas criminosos, aqueles que usavam seu poder para servir somente a si próprios. Outra garota talvez desistisse, resignada a seu destino e à amargura. Conhecia muitas pessoas assim, e não as culpava. Faziam o possível para sobreviver.

Mas havia algo nela que sempre se voltava para longe da escuridão, por mais tentadora que fosse.

A garota envelheceu. O deserto marcou seu rosto antes do tempo e rachou a pele de suas mãos. Trabalhava incansavelmente, até em projetos próprios em seu tempo livre para enfrentar a solidão. Podia vender seu trabalho, embora nunca fosse ter dinheiro suficiente para comprar sua liberdade. Ninguém a notava, ao menos ninguém em Tatooine.

Não era algo que ela ouvia, não exatamente. Era um chamado, mas era o tipo de chamado que você sente. Em algum lugar, na vastidão da galáxia, algo esperava por ela. Ela não entendia e não tinha muito tempo para tentar entender, mas quando sonhava, ouvia uma canção e se sentia menos sozinha.

A canção prometia algo que, ao menos por um tempo, seria apenas dela. Não haveria posse, nenhuma obrigação imposta. Apenas amor, conexão e a sensação de um lar. A garota não se sentia manipulada, embora o poder que cantava para ela estivesse além de sua percepção.

A garota sabia que nada era permanente. Até mesmo as cicatrizes em suas costas podiam se curar se alguém se importasse o suficiente com ela. Era uma oferta de felicidade, uma chance de pertencer a alguém porque ela havia escolhido, não porque alguém a tivesse roubado. Uma chance de ter alguém que, quando olhasse para ela, sentisse amor. Algo que fizesse a luta valer a pena.

Shmi Skywalker ergueu as mãos para as estrelas e disse:

— Sim.

CAPÍTULO 1

Em uma das poucas vezes em sua vida, Padmé Amidala não sabia o que fazer. Ela mantinha segredos o tempo todo, mas aquele era diferente. Em geral, as garotas com quem compartilhava seus segredos também ajudavam a mantê-los. Não eram apenas suas confidentes — elas faziam a manutenção de sua teia de segredos. E desta vez ela estava sozinha.

Um leve zumbido robótico no canto da sala a lembrou de que isso não era inteiramente verdade. Havia outros seres que manteriam esse segredo com ela, embora não muitos. O único problema era que nenhum deles podia ajudá-la agora. Bom, tinha quase certeza disso. Não custava nada perguntar.

— Você por acaso sabe alguma coisa sobre costurar vestidos? — ela perguntou à pequena unidade R2 azul.

Ele girou seu domo de um lado para o outro, imitando um humanoide negando com a cabeça e emitiu bipes talvez mais pesarosos do que a situação realmente pedia. Padmé agradeceu mesmo assim. Não havia motivo para ser rude.

Ela voltou a contemplar o tecido em seu colo. Não havia o suficiente para um vestido novo inteiro, mas ela não esperava por isso. O tecido estivera em sua família por várias gerações, cada pessoa recebendo um pedaço para incorporar em suas vestimentas de casamento. Sua irmã, que havia escolhido não se casar, usara sua porção para costurar roupas para suas filhas, mostrando que dava boas-vindas para as novas adições à família.

Doía um pouco fazer aquilo sozinha. Anakin não entendia, mas ela não podia esperar que entendesse. Ele entendia a questão familiar, é claro, e o desejo de manter uma tradição, mas não tinha muita intimidade com a costura. No entanto, ela ficou agradecida por ele ter a compaixão de permitir um tempo e espaço para ela encontrar uma solução. Estavam com um pouco de pressa.

R2-D2 emitiu mais alguns assobios e, quando ela voltou sua atenção para o droide, ele projetou uma imagem holográfica. Era uma arte familiar, uma das janelas do palácio de Theed que havia sido substituída depois da Batalha de Naboo. Aquela janela tinha sua imagem, quando era rainha, cercada por damas de companhia em tons de laranja. A sugestão do droide ficou clara.

— Não posso, R2 — Padmé disse a ele. Quase causava uma dor física dizer aquilo. — O que estamos fazendo precisa ser um segredo. Não posso trazê-las para isso.

A projeção mudou para uma imagem da holonet capturada durante as celebrações da vitória dez anos antes. A Rainha Amidala estava de branco ao lado do líder Gungan, o Chefe Nass, cercada por membros de sua corte. R2-D2 aproximou a imagem sobre uma dama de companhia em particular e emitiu um bipe de incentivo.

— Não sei, R2 — falou Padmé. — Acho que não seria justo pedir ajuda sem dar nenhum detalhe.

O droide fez um som equivalente a um dar de ombros, e a imagem desapareceu.

Padmé considerou sua sugestão. Desta vez, ela não estaria pedindo ajuda como a rainha ou uma senadora. Isso seria normal e fácil. Estaria pedindo ajuda como Padmé e, por algum motivo, isso complicava tudo. Ela achava que sabia quais eram os limites, mas raramente os testava. Não era muito boa em pedir ajuda para as garotas como amiga. Elas haviam passado tempo demais trabalhando juntas.

Mas *eram* amigas. O que ela compartilhava com suas damas de companhia, atuais e antigas, era uma amizade tão profunda que incluía grandes partes de seu coração. Lamentava por Cordé e Versé, ao mesmo tempo que se alegrava pelos sucessos que as outras tinham tido além de sua esfera de influência. Certamente ela, Padmé, poderia pedir por essa ajuda.

Decisão tomada, juntou o tecido para não tropeçar nele, levantou-se da cadeira e seguiu para o console de comunicação.

Saché havia ligado para ela algumas horas antes, dizendo que chegaria tarde em casa e para não esperar acordada. Era melhor assim, Yané pensou. A cama estava cheia de crianças dormindo. Um deslizamento de terra em uma das regiões do leste do continente secundário de Naboo havia destruído uma vila quatro dias antes. Os únicos sobreviventes eram oito crianças que estavam em um transporte escolar no momento do desastre. Enquanto Saché e os outros representantes do governo trabalhavam para estabilizar o deslizamento e calcular os prejuízos, Yané abriu sua casa para as crianças.

Quatro delas já tinham sido recebidas por outros membros de suas famílias, mas as quatro restantes, todos primos, pareciam ter perdido a família inteira. Yané esforçou-se para que se sentissem seguras e bem-vindas, mas sabia que não era fácil lidar com o trauma. Se queriam dormir juntos na cama que ela compartilhava com Saché, então eram bem-vindos a isso. Era uma cama grande, afinal de contas.

Como sempre fazia quando tinha um tempo para si mesma, Yané foi até seu tear. Ela não tinha muito tempo para tecer naqueles dias, embora ainda costurasse a maior parte das roupas das crianças, assim como as suas próprias e as de Saché. Sempre era bom voltar para o início de sua forma de arte, então quase decidiu ignorar o console de comunicações quando um sinal chamou sua atenção, até que retomou o bom senso. Quando viu quem estava chamando, ela tremeu com a expectativa.

— Senadora! — ela disse quando Padmé apareceu na sua frente. — A que devo o prazer desta chamada?

Ela sabia que Padmé estava em Naboo, é claro. Havia chegado depois do incidente em Geonosis e seguido diretamente para a casa do lago com um pedido para não ser perturbada. Saché relatou que a guerra estava se espalhando e Naboo quase certamente seria envolvido, mas havia poucos detalhes. Mesmo assim, Yané ficou contente em ver Padmé.

— Oi, Yané — cumprimentou Padmé. — Desculpe ligar tão tarde. Eu estava torcendo para você estar disponível.

— Foi a hora perfeita — respondeu Yané. — Saché ainda está no trabalho, lidando com o deslizamento de terra, e todos os sobreviventes estão dormindo na nossa cama. Estou completamente ao seu dispor.

— Oh — disse Padmé. — Desculpe. Eu tinha esquecido do deslizamento de terra. Vocês têm tudo que precisam para as crianças adicionais? Você deve estar tão ocupada.

— Você tem muitas outras coisas para se preocupar — falou Yané. — E eu também, para ser perfeitamente sincera; mas, no momento, eu estava mesmo precisando de uma distração. Sobre o que você queria conversar?

Padmé hesitou e, naquele momento, Yané soube que seria um favor pessoal. Se fosse relacionado ao trabalho, ela já teria simplesmente afirmado a razão daquela ligação.

— Eu gostaria do seu conselho sobre um vestido — Padmé finalmente disse.

Yané reconheceu o tecido de imediato, ou melhor, sua função, se não sua forma particular. Aquilo seria para um vestido de noiva. Para Padmé. Aparentemente uma surpresa, mas agora que a senadora passava tanto tempo fora do planeta, não era de se admirar que ela fizesse coisas que Yané desconhecia.

Ainda assim, magoava um pouco. Yané deixou transparecer em seu rosto e viu Padmé reconhecer exatamente suas emoções. Elas não precisavam de palavras. Aquilo era suficiente.

— Você deveria usar como véu — sugeriu Yané, indo direto ao assunto agora que tinham esclarecido tudo. — Alguns anos atrás, a moda era incorporar o tecido com a cauda ou a faixa, mas acho que um véu cairia melhor para você.

O tecido de casamento de Yané fora incorporado tanto na cauda quanto na faixa, já que ela havia usado seu próprio tecido e o de Saché no desenho final. O vestido de Saché foi espelhado no dela, com calças largas no lugar da saia para combinar melhor com seu gosto pessoal. Isso foi há quase dois anos.

— Faz sentido — reconheceu Padmé. — Eu consigo costurar isso aqui. Você tem alguma sugestão para o vestido em si?

Yané olhou mais atentamente para o tecido nas mãos de Padmé e depois olhou para o outro lado do quarto, onde ficava seu tear. Padmé merecia mais do que um vestido improvisado com qualquer tecido à disposição. Ela merecia algo feito pelas mãos de uma amiga. Se Yané tirasse seu tear mecânico e bebesse um pote inteiro de caf, ela conseguiria. Saché não voltaria mais naquela noite, de qualquer maneira.

— Pode deixar que eu cuido disso — ela assegurou.

O rosto inteiro de Padmé se transformou quando ela sorriu. Não foi um sorriso da rainha ou da senadora, mas um sorriso pessoal que Yané raramente presenciava, embora valorizasse sempre que via. Seja lá o que Padmé estivesse aprontando, ela estava feliz, e Yané não podia negar que a felicidade de Padmé era uma de suas coisas favoritas. Isso fazia tudo valer a pena, até mesmo os segredos mantidos depois que Padmé se distanciara delas.

— Obrigada — disse Padmé. — Obrigada mesmo.

Elas não se demoraram mais na ligação, embora ambas tivessem tanta coisa para conversar. Agora tinham trabalho a fazer.

Padmé encontrou o droide de costura exatamente onde esperava, em uma das salas de trabalho da casa do lago. Era uma casa para artistas, como a maioria das casas naquela área, mas aquela havia sido especificamente preparada para os talentos das garotas que ela trouxera ali durantes os anos. As luzes na sala de trabalho eram suaves e bem-posicionadas, e Padmé começou o trabalho imediatamente.

Por um instante, ela se perguntou o que Anakin estaria fazendo. Não o veria de novo até a tarde do dia seguinte, embora ele fosse o único outro humano na casa. Ele podia sentir a presença dela, Padmé sabia disso, e ele provavelmente sentia seu entusiasmo e preocupações. Ela torcia para que ele entendesse que seus sentimentos eram normais. Nem todo mundo tinha o treinamento Jedi para controlar as emoções que projetava. Ele provavelmente estava meditando ou trabalhando em C-3PO, que ainda precisava de uma limpeza antes de receber sua cobertura final. O droide estivera em Tatooine, depois em Geonosis. Suas juntas provavelmente estavam cheias de areia.

A agulha refletia a luz enquanto ela trabalhava, finalizando as bordas e modificando as pregas do véu. Tudo estava quieto, e isso era estranho. Mesmo sem ninguém falando, as salas onde ela trabalhava sempre estavam cheias de gente. Ela geralmente ficava cercada de pessoas.

A dor da ausência de Sabé a atingiu de repente e sem aviso. Sentia falta de todas as garotas, é claro, mas sentia mais saudades de Sabé. Nem sabia exatamente para onde sua amiga tinha ido. Elas não tinham conversado sobre isso, com Padmé correndo por toda a Orla Exterior e depois com a guerra estourando. Não houve tempo. Sabé tinha executado várias missões fora do planeta para a Senadora Amidala desde que tinha ido para Coruscant, mas Padmé sempre deu a ela o tempo que precisava para realizar seus próprios interesses. O tráfico a levava até os cantos mais escuros da República, e nem sempre Sabé conseguia fazer contato. Agora, embora aquele casamento fosse um segredo que a galáxia não podia descobrir, Padmé sentia sua falta.

Padmé afastou o sentimento de culpa e tristeza que sentia e se concentrou nas coisas boas. Estava segura. A Batalha de Geonosis tinha sido vencida, mesmo com um custo muito alto. Anakin Skywalker a amava.

E, no dia seguinte, ela ia se casar.

CAPÍTULO 2

Desta vez, seria diferente. Sabé havia decidido isso anos antes, quando sua primeira operação em Tatooine fracassara. Desde então, ela não havia retornado ao planeta, mas conseguiu juntar uma lista de contatos e identidades tanto para ela quanto para o Capitão Tonra, que lhes permitiria voltar e tentar libertar as pessoas de novo. Ambos ainda estavam tecnicamente empregados pela senadora de Naboo, mas sua missão de longo prazo não havia mudado. Sem ter nenhuma outra tarefa, Sabé decidiu que tinha chegado a hora.

A maioria das pessoas na Orla Exterior não se importava com o crescente conflito Separatista dentro da República. Não afetava seu dia a dia e não envolvia seus governos. Eles tinham preocupações muito mais imediatas. Entretanto, para aqueles que lucravam com a dor e o sofrimento — os senhores do crime e os traficantes —, toda guerra era uma oportunidade para mais negócios. Sabé estava ali para fazer todo o possível para impedir que isso acontecesse.

— Eles estão chamando de Guerras Clônicas — disse Tonra, no assento do copiloto.

Nos últimos seis anos, haviam passado mais tempo longe um do outro do que juntos. Ela vinha aumentando sua rede de contatos e ele agora trabalhava muito mais próximo de Typho e Mariek Panás, protegendo a senadora. Quando se encontravam, geralmente era para alguma operação específica de Padmé, ou porque Sabé precisava de ajuda. Mas sua voz continuava sendo tranquilizadora como sempre, e sua presença, igualmente sólida. Sabé tinha muitas dúvidas sobre várias coisas ultimamente, mas Tonra nunca tinha sido uma delas.

— Que criativo — disse Sabé.

— Eles precisam dar algum nome — comentou Tonra. — Ou então como venderiam novos holos sobre tudo isso?

— Dois exércitos construídos do nada — falou Sabé. Ela sacudiu a cabeça. — Não gostei disso. O nosso lado tem alma. Não podemos simplesmente jogá-los contra máquinas produzidas em massa.

— Existe uma discussão significativa quanto a isso — prosseguiu Tonra. Ela olhou feio para ele e Tonra ergueu a mão defensivamente. — Mas eu concordo com você.

Sabé olhou para o cronômetro da nave. Ela ainda vestia uma roupa elegante e colorida e precisava se trocar antes que chegassem. Era um visual perfeito para uma assessora de alto nível nos corredores do Senado da República ou para importantes negociações nos mundos do Núcleo, mas não representava mais quem ela realmente era. Sabé transferiu o controle da nave para Tonra e seguiu para o compartimento traseiro.

Tecnicamente, uma pessoa de seu nível social declarado não possuiria sua própria nave. Eles deveriam usar um transporte público para Tatooine, se quisessem que tudo fosse perfeito. Mas Sabé não queria abrir mão da liberdade e flexibilidade que uma nave particular proporcionava, então fez de tudo para incorporar a nave em seu disfarce.

Sabon e Arton Dakellen eram negociantes de sucesso mediano, especializados em viagens curtas para cargas específicas de alto valor e baixo volume. Com o início da guerra, eles haviam vendido sua parte nos negócios e encontrado empregos que seriam mais estáveis durante o conflito. Já que Sabon tinha posse total da nave, ela a manteve. Os dois estavam se mudando para Tatooine, onde Sabon cuidaria da logística para uma empresa de exportação de água e Arton manteria a cadeia de suprimentos de uma das cantinas locais. A nave deles estaria disponível para aluguel, e embora não fosse a principal fonte de renda, isso explicaria qualquer ausência do planeta.

Na última vez que haviam passado por Tatooine, eles simplesmente apareceram. E fizeram perguntas demais. Desta vez, fariam parte da comunidade. Levaria mais tempo, e não seriam capazes de ajudar tão diretamente, mas Sabé entendia em seu coração que esse era um plano melhor.

Ela tirou seus trajes refinados de Coruscant, mas manteve a roupa de baixo. Ninguém veria mesmo, e ela certamente não precisava se livrar de nenhum item prático que de qualquer maneira já ficaria escondido. Vestiu uma camisa leve sobre a cabeça. A peça a cobria até os punhos, para manter o sol longe de sua pele, mas era feita de um material respirável. Vestiu um par de calças resistentes de cor amarronzada. A calça tinha vários bolsos para qualquer ferramenta que precisasse. A seguir, veio sua sobretúnica, um colete sem mangas que chegava até as coxas, embora houvesse aberturas na cintura para ela poder se mover. Tinha um tom laranja, dando-lhe uma impressão geral empoeirada. Ela se encaixaria muito bem no cenário de Tatooine. Por último, veio um cinto largo, onde carregaria sua bolsa, cantil e vibrolâmina.

Ela guardou as roupas elegantes no fundo do baú, deixando suas outras roupas adequadas para Tatooine no topo para acesso rápido. Teoricamente, havia um apartamento esperando por eles, mas não havia como saber qual seria a situação para armazenar suas coisas. Vestiu suas botas e depois abriu o baú de Tonra. Ele era perfeitamente capaz de separar suas próprias roupas, mas velhos hábitos não morrem fácil.

— Sua vez — disse ela, voltando para a cabine e retomando seu assento.

— Vamos sair do hiperespaço a qualquer momento — informou Tonra, devolvendo o controle da nave para ela.

Sabé preparou a permissão de aterrissagem e a liberação para atracar enquanto Tonra se trocava. Suas roupas eram basicamente as mesmas que as de Sabé, só que maiores. Ele carregava um blaster abertamente, uma arma deselegante preta e cinza que ele adquiriu em um lugar qualquer. Estava se sentando de volta no assento quando o comunicador ganhou vida e uma voz foi ouvida.

— Cargueiro Um Dezessete, aqui é o controle de voo. Declare suas intenções. — Não era um droide falando, apenas uma pessoa incrivelmente desinteressada.

— Enviando permissões agora — respondeu Sabé, transmitindo primeiro os documentos de aterrissagem e depois a liberação para atracagem.

— Recebido, cargueiro — a voz disse. — A plataforma trinta e um é sua.

— Obrigada, controle — falou Sabé. A conexão já tinha se encerrado, mas ela ainda tinha uma boa educação. — Aqui vamos nós — prosseguiu Sabé e iniciou a sequência de aterrissagem.

— De novo — Tonra acrescentou enquanto revisava a lista de checagem do copiloto.

Sabé exalou, um pouco irritada. Não haviam conversado sobre isso, não de verdade, mas ela sabia que ambos ainda estavam um pouco queimados por causa de como as coisas haviam acontecido da última vez que estiveram ali. Eles estragaram completamente o disfarce e mal conseguiram salvar a operação usando seus próprios recursos para comprar um carregamento de pessoas escravizadas. Essas pessoas foram imediatamente libertadas e levadas para Karlinus, um planeta onde trabalhadores eram bem-vindos e bem-pagos, mas nem de longe foi o sucesso que Sabé queria. Nada irritava mais do que fracasso e negócios inacabados.

— Estou contente por você ter vindo comigo — afirmou ela. — Sei que você seria útil para a segurança de Coruscant, e provavelmente já tem uma patente alta o bastante para conseguir um emprego regular no palácio de Theed se quisesse.

— Você também não precisa exatamente estar aqui — Tonra a lembrou. — Nós dois estamos aqui porque deixamos algo inacabado e queremos tentar de novo.

— Agora que somos mais espertos — Sabé acrescentou.

— Mais sábios — Tonra a corrigiu gentilmente. — Não sei se a galáxia conseguiria lidar com você se ficasse ainda mais esperta.

Sabé riu e manobrou a nave sobre Mos Eisley. A cidade não havia melhorado desde a última vez em que estivera ali. Construções baixas em tons de marrom se estendiam até perder de vista debaixo deles. Havia pouca evidência de infraestrutura pública. As ruas eram posicionadas de qualquer jeito e sem largura uniforme. Havia cabos e tanques de água pendurados em toda parte. Ela sabia que não era possível, não com os circuladores de ar dentro da nave, mas era quase como se pudesse sentir o cheiro: calor e poeira e gente demais.

Tonra estendeu o braço e pousou a mão suavemente sobre a mão dela. Sabé não estava sozinha. Eles aterrissaram a nave juntos.

A lista de Dormé era muito curta. Não sabia exatamente quanto tempo Padmé planejava ficar em Naboo, e não *queria* saber o que ela estava aprontando, mas Dormé tinha sua própria tarefa nesse meio-tempo. Era um pouco mórbido substituir suas colegas de trabalho, mas a tarefa deveria ser feita. Cordé e Versé haviam partido, e Dormé não conseguia fazer tudo ao mesmo tempo. Precisavam de mais damas de companhia.

— Acho que deveria ser diferente desta vez — Padmé dissera. Dormé voltava para Theed com Typho. Padmé já tinha aterrissado e seguido para a casa do lago. — Quando trouxemos você e as outras, procurávamos talentos específicos. Na primeira vez, eu precisava de sósias e amigas. Acho que, desta vez, preciso mais de...

A voz dela sumiu, mas Dormé sabia o que estava pensando. E também não era apenas a tristeza falando. Era a praticidade.

— Você precisa de assessoria para o Senado — concluiu Dormé. — Você precisa de damas de companhia para realmente fazer aquilo que todo mundo pensa que damas de companhia fazem. Elas não serão tão multitalentosas como as últimas equipes, mas podemos encontrar pessoas leais e que desejam servir.

— E seria justo pedir a elas que façam isso? — questionou Padmé. Servir sem amizade lhe parecia algo frio. — Ofereci para o restante de vocês muito mais em troca, em termos de um relacionamento comigo e um desafio no trabalho.

— Para elas, isso será normal, senadora — Dormé dissera. — E eu ainda estarei com você, é claro.

— Então, deixarei para você cuidar disso — Padmé respondera. — Obrigada.

— Estou ao seu dispor — Dormé murmurou, e a conexão foi encerrada.

Agora, sentada com a lista de nomes, Dormé estava satisfeita com o resultado das entrevistas. As damas de companhia eram basicamente lendárias. Todos sabiam que apenas as melhores eram selecionadas; no entanto, ninguém realmente sabia o que elas faziam, e a maioria das pessoas achava que nunca teria chance de descobrir. Três das entrevistadas eram claramente mais adequadas à vida na corte de Theed em si. Dormé já tinha lhes enviado uma educada rejeição e uma carta de recomendação para o palácio. Uma quarta pessoa tinha habilidades semelhantes demais às de Dormé, considerando o que Padmé vinha procurando. Três meses antes, teria sido perfeita. Dormé enviou seu nome para Saché, caso ela um dia precisasse.

Isso a deixava com duas. Ela gostara das duas candidatas quando as entrevistou e ficou satisfeita quando retornaram para uma segunda conversa. Sabiam que estavam substituindo damas de companhia que haviam falecido, e Dormé não as culparia se decidissem recuar.

— A senadora está ansiosa para conhecê-las — Dormé lhes assegurou depois de assinarem os contratos. — Às vezes, sua agenda pode ser imprevisível, mas ela está passando um período com a família agora, então vocês têm tempo para voltar para casa e se preparar para deixar Naboo. Recomendo levarem apenas alguns itens pessoais. Vamos fornecer todo o restante, e assim fica mais fácil para se locomoverem mais depressa.

As duas garotas assentiram e depois trocaram olhares. Dormé decidiu esperar suas reações.

— E quanto aos nossos nomes? — Elleen enfim perguntou.

Dormé ficou agradavelmente surpresa. Mudar o nome não era uma regra das damas de companhia, e ela não havia planejado tocar no assunto a menos que elas mencionassem, mas era um bom sinal. Por toda Naboo, as crianças vinham recebendo nomes terminados em *é*, como homenagem a Padmé. Era moda, como as túnicas encapuzadas na corte, mas ainda assim fazia parte de seu legado.

— Nós somos Naboo — Dormé disse a elas. — Eu chamarei vocês da maneira que desejarem.

— Então, eu serei Ellé — a garota declarou. Ela claramente vinha considerando aquilo. Dormé olhou para a segunda garota.

— Moteé — falou ela. Não era particularmente tímida, apenas preferia deixar os outros falarem por ela, já que falariam mesmo.

— Vou modificar os arquivos — disse Dormé. — Em nome da Senadora Padmé Amidala, fico feliz em receber vocês.

As novas damas de companhia se retiraram, e Dormé enviou seus arquivos para que Padmé pudesse se familiarizar com elas. Não houve resposta, mas Dormé não esperava uma. Desde que não soubesse o que Padmé estava fazendo, não precisava dar sua opinião, e sua opinião não era mesmo da conta de ninguém. Quando chegasse a hora, Padmé contaria a ela. Era assim que funcionava.

Um leve bipe indicou que havia uma nova mensagem. Dormé sorriu: era Typho.

— Você já acabou? — ele perguntou, quando o rosto holográfico apareceu na frente dela. Dormé sempre ficava contente em vê-lo, mesmo naquela forma azul e transparente.

— Sim — disse ela. — Um grupo inteiro para a viagem de volta para Coruscant.

— Excelente — respondeu ele. — Eu reservei uma mesa naquele restaurante que está recebendo as algas que Eirtaé vem cultivando. Quer ir comigo comer um pouco de arte?

Dormé riu e disse que adoraria. Seu trabalho era importante e muito satisfatório, mas às vezes era bom estar em casa.

CAPÍTULO 3

SACHÉ FOI TRABALHAR ESPERANDO um longo dia de debates e discussões com a legislatura ao lidar com o resultado do deslizamento de terra no continente secundário. Ela sabia que Yané tinha a parte mais importante da situação sob controle: os sobreviventes estavam seguros e recebendo cuidados. Cabia ao restante das pessoas avaliar a situação e fazer seu melhor para ter certeza de que nada como aquilo acontecesse de novo.

Levou algumas horas, mas a legislatura passou razoavelmente rápido pela lista de tarefas. Equipes de avaliação foram enviadas para o local do deslizamento e as regiões próximas. Engenheiros foram chamados para desenvolver novos mecanismos de segurança. Fazendeiros foram consultados sobre qual seria a melhor maneira para prosseguir com o assentamento das colinas. Financiamento médico foi separado para as crianças órfãs, para assegurar que teriam recursos se precisassem de algo que seus cuidadores não pudessem fornecer. Embora a agenda fosse embasada em um desastre, a legislatura até que teve um bom dia. Completaram todo o trabalho e ninguém fugiu muito do assunto ou tentou manipular os procedimentos para ganhos pessoais. Na verdade, estavam prestes a encerrar a noite, quando um jovem legislador de Theed se levantou e pediu a palavra.

— Excelentíssimos colegas, sei que tivemos um longo dia — começou o jovem rapaz. Saché preparou-se para o pior. — Mas agora que lidamos com a crise em nosso planeta, penso que devemos voltar nossa atenção para a situação galáctica.

Algumas pessoas resmungaram ao ouvir aquilo. Todos sabiam que era importante, mas já era tarde e eles não poderiam fazer algo até a manhã seguinte.

— Eu sei, meus amigos — o jovem rapaz continuou. — Mas já estamos aqui, e um assunto de muita importância foi trazido ao meu conhecimento, porque afeta não apenas Naboo, mas todo o setor Chommell.

Isso ganhou a atenção de Saché. As relações com os outros planetas do setor Chommell eram cordiais, mas não houve o progresso que a Rainha Amidala desejava quando encerrou seu reinado.

— Diante da Guerra Clônica — o jovem disse, usando as palavras aparentemente pela primeira vez —, eu me volto para um profissional militar para aconselhar a legislatura, e cedo a palavra ao Capitão Quarsh Panás.

Nesse momento, veio um burburinho mais agitado. Quarsh Panás raramente falava em público nos últimos tempos. Seus chamados para incrementar a militarização depois que o canhão de íons tinha sido construído foram recebidos quase inteiramente com rejeição, e sua credibilidade perante a coroa havia diminuído muito. Mas ele ainda tinha amigos na legislatura, e sua presença sempre era um acontecimento. Saché aproveitou a distração de todos para escrever um lembrete para ligar para Yané durante o recesso e dizer para não esperar acordada.

Panás andou a passos largos até o centro do salão. Era um anfiteatro, e pequeno o bastante para a acústica funcionar sem a necessidade de tecnologia. Tudo que Panás dissesse seria perfeitamente ouvido, desde que ele não andasse de um lado a outro.

— Parlamentares — ele começou —, não quero mantê-los acordados depois de sua hora de dormir à toa, mas com o início da Guerra Clônica, existem coisas com que Naboo precisa lidar.

O murmúrio que veio em resposta foi de leve ofensa, mas todos eram educados demais para gritar com ele.

— Na sua tela agora está aparecendo uma cópia de uma velha lei, aprovada no passado nestes mesmos corredores — disse Panás. Saché olhou para sua tela pessoal e começou a ler, dividindo sua atenção. — Como vocês verão, essa lei remonta aos tempos quando Naboo se expandiu para os planetas inabitados no setor. Como parte do acordo, os colonos assinaram um contrato que permanece ativo até hoje.

— Apenas nos diga logo o que o contrato diz, capitão. — O Governador Bibble claramente já estava sem paciência.

— É claro, governador — falou Panás. — Em troca do empréstimo que Naboo forneceu para os custos iniciais, os colonos concordaram em serem chamados para suprir Naboo em tempos de emergência. Não fizemos isso durante a Ocupação porque não tivemos tempo, mas poderíamos ter feito. Eles seriam legalmente obrigados a nos fornecer qualquer coisa que decidíssemos que fosse necessário.

Um silêncio mortal seguiu seu discurso. Saché apertou com tanta força o botão para falar que achou que fosse quebrá-lo.

— Legisladora Saché? — o droide de protocolo a anunciou.

— Governador — disse ela, e se levantou. — Capitão, os termos do contrato são mesmo vagos assim?

— Sim, eu diria que são. — Ele não a chamou com nenhum título e seu rosto suavizou um pouco quando falou em sua direção, ao mesmo tempo que seus olhos recaíam sobre as cicatrizes que ele não fora capaz de impedir. Depois de todo aquele tempo, ele *ainda* não entendia completamente o que havia formado nela. —

Assim que as colônias se tornassem estáveis, como são agora, Naboo poderia cobrar o empréstimo.

— E os planetas do setor sabem disso? — ela perguntou.

— Eles sabem, Vossas Excelências — garantiu ele. Panás tirou os olhos dela para voltar a falar com todo o plenário. — Precisamos considerar cuidadosamente o que faremos agora. A guerra irá nos alcançar, de uma forma ou de outra, e logo. Naboo é conhecida por fornecer auxílio. Se também tivermos os planetas do setor Chommell como fonte, isso afetará como faremos a distribuição de recursos nos próximos dias.

— E se eles não conseguirem sustentar a si mesmos e a nós? — Saché ainda tinha a palavra, aparentemente, embora não tivesse sido a única a gritar uma variação da mesma pergunta.

— É por isso que venho trazer essa questão para vocês — esclareceu Panás.

— Você tem minha gratidão, capitão — disse Bibble. — Se todos puderem se sentar novamente para retomarmos a ordem, eu ouvirei as recomendações sobre como prosseguir.

Saché não se deu ao trabalho de apertar o botão de fala novamente. Outra pessoa se levantou para recomendar um recesso de quarenta minutos para que pudessem ler a lei e formular seus pensamentos — e comer alguma coisa, ou ao menos isso ficou subentendido — e Bibble concedeu. Saché tinha nove mensagens de aliados quando chegou em seu escritório, e três de seus adversários de sempre, todos perguntando o que ela faria agora. Por dez minutos, ela ignorou tudo.

Todos se lembravam da Ocupação. Todos se lembravam da falta de comida e, depois, por causa da Federação de Comércio, não serem capazes de distribuir a comida que tinham. A maioria foi enviada a campos de concentração. Mas apenas Saché foi torturada.

As lembranças daquela experiência horrível a assombravam apenas de vez em quando. Geralmente, ela tinha um pesadelo, então Yané a acalmava até que voltasse a dormir, e isso era tudo. Às vezes, se a menção da Ocupação a pegasse de surpresa, sua garganta fechava e ela claramente se lembrava da dor. Agora, aquilo não era nenhuma dessas duas coisas. Ela se lembrava, mas isso não a consumia. Aquilo era um fogo que ela podia canalizar.

Saché respirou fundo e se olhou no espelho que mantinha na gaveta de sua mesa. Rabé havia criado duas versões da mesma maquiagem para ela. A primeira era uma cobertura que igualava o tom de sua pele. Ela quase nunca usava. A outra, que ela usava quase todos os dias, destacava a diferença entre sua pele pálida e a vermelhidão de suas cicatrizes. Ela havia conquistado aquelas cicatrizes, foram à custa de *muito* sofrimento, então as usaria abertamente. Quando falasse no plenário, todos a veriam, e então saberiam.

Saché retornou ao plenário trinta minutos depois, após contatar sua esposa e dizer boa noite para suas filhas, que passaram na frente da transmissão. O mesmo sinal chamou todos de volta. A noite se arrastava enquanto os legisladores discursavam e facções eram formadas. Panás não falou de novo, mas continuou no plenário o tempo inteiro, e Saché se perguntou como ele havia se deparado com aquela informação tão vital naquele exato momento. Ele não era do tipo que vasculhava velhos arquivos da política de Naboo apenas por diversão. Se havia uma guerra, talvez estivesse procurando uma forma de voltar às graças da rainha. Afinal de contas, ele sempre tinha o bem de Naboo como sua principal preocupação, mesmo não concordando com o consenso da maioria sobre como proceder para isso.

Finalmente, a vez de Saché chegou, e ela se levantou para discursar para o plenário. Ela não revelou nenhuma de suas especulações, pelo menos não naquele momento. Era hora de encontrar boas perguntas, não perguntas sobre hipóteses não confirmadas.

E ela sempre podia descobrir mais depois se ninguém soubesse exatamente o que estava pensando.

— Meus amigos, estamos em uma encruzilhada — disse ela. — E temos uma escolha. Podemos ser ditatoriais e impiedosos, e assegurar nossas próprias necessidades antes de qualquer outra. Ou podemos cancelar a lei por inteiro e declarar esse episódio como águas passadas. Acho que todos vocês sabem onde eu me posiciono sobre essa questão.

Houve alguns aplausos de aprovação para sua fala.

— O que não muda é isto — ela concluiu. — Precisamos conversar com os outros planetas para encontrar maneiras para trabalharmos juntos. Todos temos recursos que outros planetas necessitam, e não há motivo para não cooperarmos. Mas isso deve ser feito sob a prerrogativa de um bom governo, não de uma lei datada, assinada por nossos antepassados durante tempos de desespero.

Eram quase três horas da manhã quando Bibble anunciou uma pausa nos procedimentos. O discurso de Saché foi o mais bem-recebido, mas havia um contingente maior do que o esperado de legisladores que não queria que a lei fosse rescindida. Eles estavam tão preocupados com as dificuldades que poderiam passar que não conseguiam entender — ou não se importavam — como isso afetaria o padrão de vida dos outros. Não aceitavam que Naboo pudesse sofrer junto com seus vizinhos, uma escolha deliberada para se juntar a eles em vez de explorá-los. O medo que sentiam os deixava egoístas e cegos. Então, depois de tudo aquilo, não houve nenhuma votação. Bibble os mandou para casa com instruções para retornarem ao debate no dia seguinte.

Saché pensou em tentar falar com Panás na saída, mas ele foi cercado pelos legisladores que queriam manter a lei, e ela não suportava falar com nenhum deles, então preferiu voltar a seu escritório. Enviou uma mensagem para a governadora de Karlinus, uma velha amiga, e para Harli Jafan, que geralmente era uma aliada razoável. Havia uma foto enviada por Yané de uma cama familiar cheia de crianças, e uma mensagem de Dormé sobre uma pessoa que poderia ser uma boa assistente. Saché definitivamente precisava de um, mas decidiu esperar uma hora melhor para responder.

Deixando todo o restante para depois de descansar, Saché se deitou no sofá que Yané havia comprado para aquele exato propósito e dormiu.

O quarto de Quarsh Panás no quartel era frio, mas era assim que ele preferia. Mariek sempre aumentava o aquecimento e, embora ele ficasse contente sempre que ela ficava contente, o frio não era nada mal. A noite no plenário ocorreu quase exatamente como ele havia imaginado: muita conversa e pouca ação. Mais legisladores do que ele esperava se posicionaram a favor de manter a lei. Eles seriam derrotados, é claro, mas haveria concessões e acordos quando isso acontecesse, e Panás poderia usar isso para fortalecer as defesas de Naboo.

Antes de encerrar a noite e dormir, ele enviou uma rápida mensagem para Coruscant. O Chanceler Palpatine era um homem ocupado, mas ainda encontrava tempo para escrever a Panás de vez em quando. Ele dissera que ler sobre a história de Naboo e conversar sobre isso com os amigos de seu planeta natal o ajudava a se focar e o lembrava de seu propósito, mesmo com a galáxia entrando em uma guerra. Ele ficaria grato de saber que Panás havia agido conforme sua última mensagem e que seu planeta natal estaria, como sempre, tão seguro quanto possível.

CAPÍTULO 4

O SOL HAVIA SE erguido, mas ainda não havia passado pelas montanhas quando Padmé mergulhou no lago. Era sua hora favorita para nadar, naquele momento quando havia luz o suficiente para enxergar antes de o dia realmente começar. A água estava límpida e fria, como sempre. O lago recebia água de riachos das montanhas, e o povo de Naboo tomava cuidado para não poluí-lo com o escoamento agrícola. Antes do calor do dia aquecer as águas, nadar causava um despertar abrupto. Padmé queria clarear a mente.

A questão não era que ela se sentisse confusa ou incerta sobre o que estava fazendo. Na verdade, sua conversa com Yané na noite anterior e as horas de meditação passadas costurando a deixaram ainda mais convicta. O que a incomodava era que ela sempre se considerava uma pessoa sincera e direta. Sim, ela mantinha segredos, mas era pelo bem de seu planeta, seu povo. E sempre havia aqueles que conheciam toda a história. Agora suas verdades estavam separadas, divididas entre aqueles que ela queria bem, e ninguém possuía toda a verdade. Apenas ela sabia, sozinha e no centro de sua própria vida.

Ela gostava disso. Embora sentisse muito a falta das amigas e dos pais e irmã, ela adorava a solidão daquele momento, de saber que sua decisão era apenas dela. Era contraditório, outra coisa que ela nunca foi, mas Padmé estava amadurecendo, e isso causaria mudanças.

Por muito tempo, sua vida havia girado em torno da percepção das pessoas sobre ela. O que faria e como se vestiria. Como suas decisões afetariam as massas de pessoas que ela nunca havia conhecido. Era um fardo tremendo, e ela o carregava desde a infância. Ela não se importava — às vezes, até gostava da responsabilidade —, mas com a liberdade de ser uma desconhecida, ela sentiu uma onda de entusiasmo. Anakin seria dela, e ela seria dele, e quase ninguém em toda a galáxia compartilharia isso com eles.

Padmé mergulhou o mais fundo que podia, ficando submersa pelo tempo que conseguiu ali onde havia silêncio. Quando seus pulmões queimaram em busca de ar, ela bateu os pés, emergindo na superfície com uma cascata de pingos d'água cintilando sob o sol da manhã. Tudo estava perfeito. O lago, a casa, seu espírito. Ela havia construído tantas coisas em sua vida — casas e hospitais, alianças e acordos — e agora Padmé tinha algo que era apenas para ela. Bom, para ela e para Anakin. Eles seriam algo novo. E mesmo mantendo isso em segredo, Padmé sabia que aquele amor brilharia muito.

O dia estava começando. Eventualmente, ela teria que voltar para a vida real. Mas o lago a lembrava, como sempre fazia, da paz e tranquilidade de casa e a promessa de lugares onde ninguém alcançaria. Ela nadou até o píer, com a energia renovada e pronta para encarar o dia.

Anakin Skywalker não estava totalmente pronto para aquilo. E isso, ele percebeu, não era surpresa. Seu treinamento focava inteiramente no altruísmo e no desapego. Isso podia ser suficiente para a maioria dos Jedi, mas não era suficiente para ele.

A verdade era que Anakin havia decidido se casar com Padmé na cozinha da casa de seu padrasto. Ele observava como Owen e Beru se moviam enquanto preparavam o almoço, passando coisas antes mesmo de pedirem e rindo quando trombavam um com o outro. Era uma conexão que não tinha nada a ver com a Força, e Anakin queria aquilo para sua vida. Sua mãe também provavelmente teve algo assim com Cliegg. A importância de Shmi para a família Lars ficava muito clara pela maneira como falavam sobre ela. Ela tinha sido o centro daquela família. E Anakin não tinha feito parte disso.

Isso não era verdade. Eles souberam quem ele era assim que o viram e imediatamente o levaram para dentro de sua casa. Shmi devia ter falado sobre ele muitas vezes e deixado claro que, se um dia visitasse, ele deveria ser incluído. E eles fizeram exatamente isso. Como se não fosse nada de mais. Como se ele fosse da família. Os Jedi nunca tinham dado isso a ele. E agora Anakin poderia construir sua própria família.

Anakin sentou-se no meio do chão de pedra e pousou as mãos sobre os joelhos. Ele ainda estava se acostumando com a mão de metal — uma protuberância, ainda não uma prótese de verdade. Em termos médicos, tudo estava bem, e em termos de engenharia, a mão era perfeita. Mas Anakin sentia a diferença, mais do que as estranhas sensações que às vezes emanavam das juntas e nós que não estavam mais lá. Ele já tinha uma lista de modificações que faria quando voltasse para a oficina do Templo. A mão era *dele*, e ele se certificaria de que ficasse exatamente do jeito que queria.

Ele afastou suas preocupações mundanas e expandiu sua mente usando a Força. Ouvira a voz de Qui-Gon no deserto, implorando para que ouvisse ao lado bom de sua natureza, para que não cedesse ao ódio. Mas ele o havia ignorado. Naquele momento, Anakin disse a si mesmo que era apenas sua imaginação, mas sabia que estava mentindo. Se a presença de Qui-Gon ainda existia em algum lugar, Anakin lhe devia um pedido de desculpas. E ele sempre agradeceria aos conselhos do Mestre.

Mas não encontrou nada. Anakin procurou mais fundo. Havia tantas lutas em seu futuro, mas era tudo pelo bem da República, pela ordem. Talvez fosse isso que Qui-Gon quisesse que ele visse. Sempre haveria uma forma para ele consertar as coisas.

Anakin sentiu-se centrado. Em paz. Sim, havia uma guerra e, não, ele não sabia muito sobre essa coisa de casamento, mas conseguia enxergar o caminho adiante, e teria que caminhar sozinho. Olhando para sua túnica Jedi, ele se perguntou pela primeira vez se deveria ter pedido que C-3PO encontrasse um traje melhor para ele se casar. Ele tinha certeza de que Padmé teria alguma coisa. Roupas incríveis eram a especialidade de Naboo. Mas não: ele era um Jedi se casando. Ao menos seria verdadeiro consigo mesmo. Já havia segredos demais em seu futuro. Ele se casaria da maneira que quisesse.

— Obrigado, Mestre — disse Anakin, embora não soubesse se Qui-Gon foi mesmo responsável pelas coisas que tinha visto e sentido.

Enquanto se preparava para voltar para a casa do lago, seus pensamentos retornaram para Padmé. Ele gostava quando ela ficava feliz, e ela parecia muito feliz desde que chegaram em Naboo. Era um lado dela que ele nunca tinha visto: sem preocupações e descontraída. Mesmo quando estiveram na casa do lago antes, ela se apoiava na formalidade como um escudo. Agora estava inteiramente relaxada, e eles podiam ser absorvidos um no outro de um jeito que não seria possível em nenhum outro lugar.

Anakin saiu a passos largos do templo, andando com determinação. Era o dia do seu casamento e tudo seria perfeito.

Padmé não estava com pressa para fazer nada, então ficou em seu roupão confortável enquanto o cabelo secava sob o sol da manhã. Havia vários bancos confortáveis na varanda para esse exato propósito e ela ficou contente em usá-los. Ela tinha, sim, uma lista de afazeres, mas também tinha bastante tempo. Enquanto observava o sol brilhando cada vez mais sobre a superfície do lago, ela ouviu o zumbido grave de um transporte se aproximando. Anakin havia levado o speeder naquela manhã, então ela não deu muita atenção até o transporte aparecer em seu campo de visão.

Mesmo ao longe, Padmé podia reconhecer um transporte real de Naboo. Aquele era para pequenos grupos, algo que a rainha podia usar para uma rápida viagem até a cidade ou para enviar membros de seu círculo em uma missão oficial. Só podia estar se dirigindo para a casa do lago, Padmé sabia. Não havia outras casas na área onde o esquife podia atracar. Ela fechou o roupão e prendeu o cabelo úmido atrás da cabeça antes de descer até o píer.

A Rainha Jamillia desembarcou sozinha, deixando seus guardas e damas de companhia para trás para poder conversar com Padmé em particular. Ela usava um pesado vestido de veludo vermelho, mas seu rosto estava sem maquiagem e ela não trazia um adorno de cabeça elaborado sobre o cabelo. Qualquer que fosse o motivo daquela visita, não era exatamente algo formal.

— Vossa Majestade — cumprimentou Padmé, inclinando a cabeça. — A que devo a honra de sua visita?

— Senadora — disse Jamillia —, peço desculpas por invadir sua privacidade enquanto está se recuperando. Você está bem?

— Ainda doendo um pouco — Padmé admitiu. — Mas fora isso, nenhuma reclamação. Você me acompanha até a varanda? Ainda não tomei o café da manhã.

— Não posso ficar muito tempo — Jamillia explicou. — Eu gostaria de pedir um favor, se você estiver disposta a me ouvir. É um assunto um pouco sensível, por isso eu gostaria que você lidasse com isso de uma forma não oficial.

Padmé nem chegou a pensar em não atender ao pedido. Ela sabia que Anakin entenderia. Ele também servia a um propósito maior.

— Fico feliz em fazer o que eu puder — assegurou Padmé. — Por favor, diga-me o que você precisa.

— Vários membros do Coletivo Torada estavam fora do planeta quando a guerra estourou — começou Jamillia. — Isso não é incomum, é claro, mas cinco deles em particular estão atrás das linhas Separatistas, e seus pais gostariam que fossem resgatados.

O Coletivo Torada era um grupo de artistas de Naboo que não se encaixavam bem com seus pares. Alguns queriam mais riquezas e reconhecimento do que poderiam obter com as comunidades artísticas de Naboo, alguns tinham ideais políticos que não eram representados na legislatura e alguns apenas queriam se rebelar contra os desejos de suas famílias. Eles tinham algumas instalações no planeta onde podiam viver e trabalhar em paz, mas a maioria preferia viajar frequentemente.

— Estão todos juntos? — Padmé perguntou.

— Sim — afirmou Jamillia. — Posso lhe enviar as coordenadas. É possível que não estejam correndo perigo ainda, mas eu gostaria de estar o mais preparada possível. Sei que você trouxe uma escolta Jedi na volta para Naboo, e não posso enviar meus próprios oficiais de segurança para fazer isso. Existem pessoas de Naboo por toda a galáxia e não posso parecer favorecer um grupo em particular.

— É claro — disse Padmé. Ela sabia que havia algo que Jamillia não estava dizendo, alguma razão para a rainha estar desesperada o suficiente para procurar Padmé em vez de usar os canais oficiais. Mas Padmé também sabia quando não fazer perguntas. Já estava na política há muito tempo, e Jamillia era uma pessoa em quem confiava. — Posso levar uma equipe pequena e trazê-los de volta em segurança a tempo para o jantar.

Era um pouco otimista demais, mas ela e Anakin haviam planejado uma cerimônia ao entardecer, de qualquer maneira. As vidas das pessoas eram mais importantes.

— Obrigada, senadora — Jamillia falou. — Se me der licença, eu preciso voltar para a capital.

— Faça uma boa viagem, Vossa Majestade — desejou Padmé.

— Você também, senadora — Jamillia respondeu.

A rainha caminhou de volta para o esquife real, que decolou imediatamente. A nave desapareceu em questão de momentos, deixando apenas ondulações na superfície do lago em seu caminho. Padmé sentiu como se tivesse sonhado todo o encontro, com exceção do chip de dados entregue pela rainha, marcado como prioridade um, com todos os detalhes que ela precisaria para a jornada.

Outro zumbido surgiu no ar da manhã e Padmé viu Anakin retornando pelo lago em seu speeder. C-3PO estava determinado a mantê-los separados antes da cerimônia, mas de jeito nenhum Padmé se lançaria naquela missão sem a ajuda de Anakin. Não havia outros guardas para levar com ela e, acima de tudo, ela gostava da ideia de trabalhar com ele de novo. Padmé observou quando ele atracou o speeder e saltou graciosamente para o píer na frente dela.

— O que foi? — ele perguntou. — Estou sentindo algo inesperado.

— Precisamos fazer uma rápida viagem — ela respondeu, um sorriso aparecendo em seus lábios. Ele também sorriu em resposta. — Um pouco de heroísmo, depois voltamos para o casamento.

— Vou avisar C-3PO enquanto você se arruma — disse Anakin.

Ele lhe ofereceu o braço, e os dois andaram juntos para dentro da casa.

CAPÍTULO 5

Nooroyo se estendia abaixo deles, um planeta de grande biodiversidade, cheio de selvas e praias rochosas. Eles se dirigiam para a parte mais quente daquele mundo, o que era bom, pois o único conjunto aventureiro que Padmé tinha na casa do lago era uma nova versão de seu traje branco, rasgado na arena de Geonosis, e esse traje era criado para climas quentes. Anakin vestia sua túnica e manto, mas deixou sua capa pendurada em um compartimento a bordo da nave.

Padmé adorava a expressão em seu rosto quando ele via um novo planeta pela primeira vez. Até mesmo Geonosis, que não tinha sido exatamente uma viagem agradável, havia suavizado seus olhos e apagado um pouco do estresse de seus ombros. Nooroyo, verde e exuberante, iluminou seus olhos com uma curiosidade de garoto e um deleite irreprimível. Ela ficou contente em dar a ele um momento assim.

Uma voz interrompeu o silêncio:

— Nave não identificada, aqui é o controle aéreo de Nooroyo. Por favor, identifique-se imediatamente.

— Olá, controle, somos uma nave civil de Naboo que veio aqui para encontrar alguns de nossos artistas. Eles vivem em um assentamento ao norte da Cidade de Nooro — disse Padmé.

Houve uma pausa e Padmé suspeitou de que o controle estava fazendo a varredura da nave. Sua nave senatorial não tinha armamentos e eles não chegaram com uma escolta de caças. Se tivessem problemas, as habilidades de Anakin como piloto teriam que ser suficientes para tirá-los dali.

— Situação confirmada — retornou a voz. — Por favor, sigam para a rota de voo e a plataforma de aterrissagem destacadas. Todas as naves são registradas.

— Isso é novidade — Padmé comentou depois que o canal foi encerrado. — Nooroyo é até mais acolhedora do que Karlinus no próprio setor Chommell. Geralmente, eles não registram as naves.

— Acho que podemos agradecer aos nossos amigos Separatistas — disse Anakin. — Não gosto desse disfarce todo em vez de simplesmente dizer a real razão de estarmos aqui, mas provavelmente é mais seguro para todos se pudermos fazer isso tudo rapidamente.

Padmé concordou e manobrou a nave ao longo da rota destacada até o assentamento dos artistas. Anakin, apesar de todo seu mau humor contra os Separatistas, passou o tempo inteiro olhando pela janela em busca de novas plantas e formações rochosas. Ela aterrissou a nave na plataforma designada, tocando o solo o mais suavemente possível para não perturbar a flora local.

O assentamento dos artistas era um conjunto bem-cuidado de construções às margens de um largo rio revolto. As construções eram todas pintadas com um tom de azul-claro, e havia flores em toda parte, jardins alinhados com as calçadas e preenchendo cada espaço disponível dentro da cerca de metal esculpido. O aroma era incrível quando Padmé saiu da nave. Uma brisa quente soprou para longe o ar parado do espaço e o substituiu pelo frescor de plantas nascentes. R2-D2 emitiu um bipe aprovando o clima.

Uma mulher humana alta veio caminhando na direção deles. Não parecia estar com pressa. Padmé não sabia se era uma das artistas de Naboo que tinham vindo resgatar, mas haveria tempo para isso depois das apresentações.

— Saudações, viajantes — a mulher disse. — Meu nome é Celena e esta é minha propriedade. Vocês são bem-vindos aqui, desde que obedeçam às nossas regras. Vocês vieram para ficar muito tempo?

— Olá — cumprimentou Padmé. — Nossa estadia será muito breve, embora a sua propriedade seja tão bonita, eu gostaria de termos mais tempo. Estamos aqui em nome da rainha de Naboo. Algumas de suas pessoas estão aqui e ela gostaria de se certificar de que estão seguras, considerando os eventos recentes.

O rosto de Celena endureceu, sua pele de porcelana tensionando ao redor dos olhos quando ela piscou de surpresa lentamente.

— Isso é compreensível — falou ela. — Somos todos cidadãos galácticos, independentemente de nossas afiliações políticas.

Seus olhos recaíram sobre Anakin, analisando suas roupas e penteado distintos, mas não disse nada para chamar atenção a isso.

— Venham — disse ela. — Eu os levarei para verem aqueles que procuram.

— Obrigada — murmurou Padmé.

Anakin disse para R2-D2 esperar com a nave, e eles partiram pelo caminho bem-cuidado.

— Todos são bem-vindos aqui — Celena reafirmou enquanto andavam. Aquilo parecia ser seu cartão de visitas padrão. — Qualquer um que deseja fazer arte sem supervisão pode ficar.

— Você mencionou regras? — disse Anakin. — Que tipo de coisas as pessoas que moram aqui precisam fazer?

— Nós somos antiviolência, então não permitimos conflitos — respondeu Celena. — Qualquer disputa deve ser resolvida por mim. Residentes não podem bagunçar demais em seus quartos, e devem ajudar a cuidar dos jardins enquanto ficarem aqui.

— Isso parece mais do que justo — disse Anakin.

— Existem outras regras sobre comida e coisas assim, mas isso não será relevante para vocês se não ficarem por muito tempo — acrescentou Celena.

Aquilo foi um convite para não fazer mais perguntas, e Padmé foi graciosa o bastante para entender a dica.

Eles andaram sob um longo arco feito com flores de cores vibrantes, e Celena parou ao final.

— Vocês podem aguardar aqui — disse ela. Ela não esperou por uma resposta antes de se dirigir para uma das pequenas casas azuis.

Padmé virou seu rosto na direção do arco e respirou fundo. As flores eram tão cheirosas quanto coloridas, e já fazia tempo que estivera em um jardim tão bonito pela última vez.

— Você acha que o seu pai me ensinaria a fazer esse tipo de... coisa com as flores? — Anakin perguntou. — Quando o visitamos, notei o quanto ele gostava de seu jardim. Sei que eu não conseguiria fazer nada assim agora, mas talvez algum dia?

— A parte difícil seria fazer ele parar de falar sobre isso — brincou Padmé. Ela sorriu pensando em Anakin construindo um jardim para ela, aprendendo as técnicas de Naboo da mesma forma que ela aprendera na infância.

— Vou acrescentar isso para nossa lista — disse Anakin.

— É uma lista bem longa — observou Padmé. Ela não conseguiu segurar um pouco de ressentimento quando falou.

— Mas é nossa — acrescentou Anakin. Ele apanhou uma flor caída no chão e a prendeu atrás da orelha de Padmé, abrindo um grande sorriso quando ela sorriu para ele.

Aquele momento singelo entre os dois foi interrompido pelo som abafado de vozes alteradas dentro da casa. Era impossível distinguir as palavras, mas ao menos uma pessoa estava claramente muito zangada sobre algo. Depois de mais alguns momentos, Celena apareceu com um jovem rapaz humano atrás dela. Ele vestia roupas de Naboo, de ombros largos e calças coloridas. Ele tinha um par de suportes em suas pernas e andava se apoiando em duas bengalas. Celena voltou para dentro da casa.

— Deveriam ser cinco deles — falou Anakin, em voz baixa.

— Temos que começar por algum lugar — disse Padmé. Ela se voltou para o jovem rapaz. — Olá. Meu nome é Padmé. A rainha pediu para que eu viesse aqui me certificar de que vocês estão todos bem.

— Meu nome é Kharl, e eu sei por que você está aqui — adiantou-se ele. — Jamillia quer dizer aos nossos pais que estamos seguros em casa. Mas eu tenho que dizer, vai ser difícil convencê-los. Os outros realmente não querem voltar.

— Mas pode ser perigoso ficar aqui. — Anakin inclinou-se para frente. — Naboo é a sua casa.

— Aqui é a nossa casa. — Kharl abriu seus braços para incluir todo o assentamento. Padmé não podia culpá-lo. Era um lugar maravilhoso, mesmo com a guerra se aproximando.

— Kharl, sabemos que vocês escolheram viver aqui, e respeitamos isso — disse Padmé. — Mas a Rainha Jamillia não pode protegê-los aqui. Os seus pais não podem protegê-los aqui. Nós só queremos que vocês fiquem seguros.

Kharl piscou devagar enquanto olhava para eles, seus olhos perdendo o foco por um momento. Foi o suficiente para Anakin.

— Você ingeriu especiaria! — ele falou, suas palavras cheias de acusação. — É por isso que não quer voltar para Naboo? Porque precisa continuar usando sua dose?

— Eu só uso a versão medicinal — alegou Kharl friamente. Qualquer sinal de cordialidade desapareceu dele. — Tenho uma condição crônica que me causa imensa dor. A especiaria me ajuda a tolerar. Não consigo comprar em Naboo por causa das suas leis.

Eu mal consigo funcionar quando estou em casa, mas em Nooroyo, consigo fazer meu trabalho.

O sistema de saúde de Naboo era bom, mas não perfeito. Não havia cura para certas condições. Os médicos discutiam o melhor tratamento enquanto seus pacientes esperavam, desesperados por alívio. A especiaria não era bem-vista, considerada uma euforia recreativa que causava mais problemas do que resolvia, mas sua capacidade de aliviar a dor era inegável.

— Todos estão aqui por causa da especiaria? — Padmé perguntou o mais gentil que pôde. Ela não queria julgar, mas precisava saber.

— Não — garantiu Kharl. — Mas os Separatistas certamente estão. E eles não querem isso para aliviar a dor.

Padmé apertou o meio de seus olhos. Aquilo era muito mais complicado do que ela esperava, mas ela não podia culpar Jamillia. Era provável que ninguém em Naboo entendesse completamente a razão para aqueles artistas escolherem Nooroyo como seu lar.

— Nossa missão é levar todos vocês de volta para Naboo — contou Padmé. — Entendo que vocês estejam relutantes, mas se os Separatistas estão aqui por causa da especiaria, então será apenas questão de tempo até o planeta mergulhar em combate. E não será apenas os droides e a República. Criminosos também vão se envolver. Não podemos forçar você a fazer nada, mas eu agradeceria se ajudasse a convencer seus amigos.

Kharl pensou um pouco e então assentiu com relutância.

— Vai ser difícil — ele disse outra vez. — A maioria de nós deixou Naboo por um motivo, mesmo com os motivos não sendo todos iguais.

— Já estive em muitos lugares terríveis — afirmou Anakin. — Naboo é um bom lugar.

— Eu sei — concordou Kharl. — É tão bom que às vezes esquece que nem todo mundo na galáxia tem uma vida fácil. A maioria de nós está aqui porque não quer esquecer.

Anakin cerrou os olhos enquanto absorvia a declaração de Kharl, mas não disse nada.

— Você é exatamente o tipo de pessoa que precisamos em Naboo — Padmé disse para o jovem rapaz. — Trabalhando pela mudança, impedindo de nos tornarmos complacentes. Mas não é o tipo de trabalho que todo mundo quer fazer.

— Eu só quero pintar — Kharl concordou. — A ideia de falar em público me deixa enjoado. Mas eu gosto de ensinar. Temos crianças aqui e eu ensino como misturar cores e preservar as plantas.

Padmé sorriu, sentindo o calor do sol. Kharl olhou atentamente para ela por um momento, e então seu rosto empalideceu.

— O que foi? — questionou Anakin, instantaneamente detectando uma mudança emocional.

— Você não é apenas uma representante da rainha — disse Kharl, horrorizado. — Você é Amidala.

— Sim — respondeu Padmé. Ela não esperava ser reconhecida, mas não havia razão para negar.

— Você não pode estar aqui — falou Kharl. — Você não pode ficar aqui.

Ele irradiava seu alarme em ondas. Era óbvio, mesmo sem a Força. Anakin agarrou o braço de Padmé, pronto para arrastá-la de volta para a nave. Ela o dispensou.

— Por que não? — Padmé perguntou.

— Gunray está aqui — disse Kharl rispidamente. — Em pessoa. Para as negociações da especiaria. Sua nave foi marcada. Ele pode não reconhecer como sendo sua, mas definitivamente vai reconhecer como uma nave de Naboo e enviar alguém para checar. Você precisa ir embora. Agora.

Anakin agarrou seu braço de novo, e desta vez Padmé não o impediu. Nute Gunray havia fugido da justiça muitas vezes, e agora a autoridade da República não podia mais alcançá-lo. E estava *ali*. Gunray havia assistido da tribuna enquanto Padmé lutava por sua vida e comemorou quando ela foi ferida. Padmé não era uma pessoa violenta, ou vingativa, mas por um breve momento ela entendeu inteiramente o que Anakin sentiu naquela vila do povo Tusken em Tatooine.

— Diga aos outros — Padmé gritou enquanto Anakin a puxava de volta na direção da nave. — Se quiserem vir, precisa ser agora. Vou explicar para a Rainha Jamillia toda a situação quando chegarem em casa. Vamos deixar vocês ficarem em um lugar isolado, se quiserem. Apenas converse com eles.

Kharl assentiu e começou a voltar para a casa. Padmé parou de resistir e seguiu Anakin pelo caminho que levava até a nave. As flores ainda preenchiam o ar com seu aroma glorioso. A Federação de Comércio não podia arruinar tudo.

CAPÍTULO 6

— NÃO ERA ASSIM que eu pensava que este dia seria — disse Anakin. Ele estava no assento do piloto, preparando a partida. Nunca tomava a iniciativa na nave de Padmé, mas os dois entendiam que aquela era uma exceção. — Pensei que nosso maior problema seria lidar com o R2 ficando entusiasmado demais com as flores ou algo assim.

— Eu até gostaria de dizer a você que isso não é um mau presságio — Padmé respondeu. Ela fez sua metade das checagens pré-decolagem o mais rápido possível. Atrás dela, ouviu o zumbido de R2-D2 enquanto reforçava os escudos. — Mas tenho certeza de que coisas assim vão continuar acontecendo.

Lá fora, um caça estelar droide fazia um voo rasante sobre as casas. O caça parou entre o assentamento e a nave de Padmé.

— Atenção, residentes de Nooroyo — o caça comunicou. — Uma nave estrangeira foi identificada nesta localização. Por favor, aguardem a chegada da equipe de inspeção.

— Não adianta tentar destruir — disse Anakin. — Já registrou a localização e enviou uma mensagem de volta.

— Concordo — falou Padmé. — Só precisamos estar prontos para ir assim que for possível.

— Não podemos esperar eles se decidirem — declarou Anakin. — Com ou sem uma boa razão, Kharl é um usuário de especiaria, e o restante deles provavelmente também são encrenqueiros. Se não querem ir embora, então merecem o que vai acontecer.

— Não vou abandonar pessoas para os Separatistas se houver alguma possibilidade de eu os ajudar — Padmé retorquiu.

— Você precisa começar a ter uma visão geral dessa guerra, Padmé. — Anakin parecia calmo demais quando disse essas palavras, como se estivesse usando a Força para se tranquilizar. — Perdas serão inevitáveis.

— E eu vou lutar por cada uma delas — afirmou Padmé.

Anakin suspirou, mas não insistiu. Os motores começaram a vibrar quando o painel de controle indicou que estavam prontos para decolar quando quisessem. Pela janela, Padmé viu duas figuras se aproximando da nave, e foi até a rampa para recebê-las.

Kharl não trazia nenhuma bagagem, e também não parecia ter um dispositivo que a carregasse por ele. A garota ao seu lado tinha duas grandes malas e uma maleta de algum instrumento musical. Ela tinha pele marrom e longos cabelos escuros. Padmé era uma das poucas pessoas que já tinham visto a Rainha Jamillia sem maquiagem, e a semelhança era inconfundível. A urgência de Jamillia se tornou mais clara, assim como a necessidade por discrição. Uma missão para salvar uma pessoa era uma ação política arriscada, mas completamente compreensível se fosse um pedido pessoal. Resgatar a irmã da rainha, mesmo com a proximidade de eleição e Jamillia saindo do poder, era importante.

— Esta é Antraya — disse Kharl. — Ela está pronta para partir.

Padmé abriu caminho para Antraya subir a bordo. Ela percebeu que a irmã da rainha estava irritada sobre deixar Nooroyo e seus amigos. Estava fazendo isso por Jamillia, o que também era algo que Padmé podia entender.

— Não posso prometer que outra chance surgirá para o restante de vocês — afirmou Padmé. — Este pode ser seu único jeito para voltar a Naboo.

— Nós sabemos — disse Kharl. — Não tivemos muito tempo para discutir isso, obviamente, mas todos sabem o que estão fazendo. E é importante que você vá embora antes que a equipe de inspeção chegue aqui.

— Isso não vai causar problemas para o restante de vocês? — Padmé perguntou.

— Ficaremos bem — assegurou Kharl. — Não nos sentimos mais em casa em Naboo, mas ainda é o lugar de onde viemos. Não é perfeito, mas é um bom lugar. Só não é para nós. Talvez, aqui, nós possamos deixar a galáxia um pouco mais como lá.

— Que a Força esteja com vocês — disse Padmé.

Os motores rugiram, e ela sabia que Anakin estava ansioso para decolar.

— Vão! — falou Kharl.

Padmé subiu a rampa correndo e fechou a porta. Assim que a trava foi fechada, Anakin ergueu a nave no ar, e quando Padmé e Antraya entraram na cabine de voo, eles já estavam na atmosfera superior.

— Estamos sendo escaneados — avisou Anakin, seus dedos voando sobre o painel de controle. — Mas eles não vão terminar antes de saltarmos.

— Agradeço a vocês por estarem fazendo isso por minha irmã — Antraya disse. — Mesmo não sendo a maneira como eu teria escolhido.

— Eu sei — concordou Padmé. — E eu sinto muito por você ter que fazer esse sacrifício.

Anakin manobrou a nave para longe do planeta e suas luas, concluiu os cálculos e saltou para o hiperespaço. Assim que as estrelas se tornaram rastros de luz na janela, ele soltou o ar dos pulmões e se recostou no assento do piloto.

— Não acredito que não precisamos lutar contra ninguém — comentou ele.

— Ainda bem — disse Padmé.

— Não gosto de não poder controlar o resultado — falou Anakin. — Não havia nada que eu pudesse fazer para ajudar.

— É por isso que *eu* vou com você nas missões — disse Padmé. Ela esqueceu que eles tinham companhia e disse aquilo com um pouco mais de flerte do que deveria.

— Quem são vocês, afinal de contas? — Antraya perguntou.

— Amigos da rainha — Padmé respondeu, sem dar mais explicações.

Antraya, aparentemente não mais confortável com a política do que Anakin, bufou, contrariada, e afundou em seu assento. Ela havia deixado suas malas no compartimento de carga, mas abraçava a maleta do instrumento contra o peito. Padmé não sabia o que ela tocava, mas claramente significava muito para ela.

— Logo levaremos você para casa — disse-lhe Anakin.

— Qual é a pressa? — indagou Antraya. — Vocês têm outros planos?

— Pode-se dizer que sim — falou Padmé. Ela não conseguiu não rir de suas próprias palavras.

Anakin não desembarcou da nave senatorial enquanto Padmé entregava Antraya para a rainha. Poucas pessoas sabiam que Anakin estava em Naboo, e ele preferia manter assim. Ele observou pela janela quando Padmé falou rapidamente com Jamillia, e então as duas irmãs se abraçaram. Antraya podia até estar relutante em voltar para Naboo, mas não havia relutância em como se sentia sobre sua irmã. Anakin perguntou-se como estaria Obi-Wan agora. Eles não costumavam passar muito tempo longe um do outro.

Padmé desapareceu da janela e Anakin ouviu seus passos dentro da nave voltando para a cabine. Era uma rápida viagem de volta para a casa do lago, e eles ainda tinham duas horas antes de o sol se pôr. Apesar disso, ele sabia que Padmé provavelmente precisaria de um tempo para se arrumar, já que não havia ninguém para ajudar. Mesmo assim, ele queria conversar algumas coisas com ela, então fez um trajeto um tanto tortuoso de volta para a casa.

— Desculpe ter sido tão abrupto com você lá em Nooroyo — ele disse quando Padmé se sentou ao seu lado. Ela tomou sua mão, entrelaçando os dedos com seus dedos de metal como se nada tivesse mudado.

— Está tudo bem — falou ela. — Até mesmo os Jedi sofrem com a adrenalina.

— Não é só isso. — Ele ergueu os dedos até seus lábios. — Nós dois fomos treinados de maneiras diferentes para fazer um trabalho parecido, e esses dois trabalhos agora são diferentes por causa da guerra. Eu deveria ser mais paciente com você enquanto você se ajusta. Eu sei que você seria paciente comigo se a situação fosse inversa.

— Você está preocupado sobre comandar as tropas? — perguntou Padmé. — Sei que nós dois fizemos isso em Geonosis, mas aquilo foi diferente. Agora será a longo prazo.

— Eu não diria que estou preocupado — explicou Anakin. — Estou apreensivo sobre como os Jedi vão reagir no comando de um exército, mas eu sei que consigo lidar bem com isso. Será bom combater com mais pessoas, e não apenas eu e Obi-Wan.

A nave deslizava pela atmosfera baixa de Naboo, tons de cores em arco-íris dançando sobre o casco prateado com a condensação se espalhando pelos painéis.

— Você vai falar com ele? — perguntou Padmé.

— Não — respondeu Anakin. — Ele não entenderia. Nenhum deles entenderia.

— Sinto muito — disse ela. — Sei que esconder as coisas não é fácil para você.

— Bom, eu tenho a melhor professora — provocou ele. Anakin tentou parecer descontraído, mas não conseguiu.

Atrás deles, R2-D2 emitiu uma série de bipes.

— C-3PO enviou quantas mensagens? — Anakin perguntou. — E você ignorou todas elas?

Padmé riu quando a primeira de várias mensagens do ansioso droide de protocolo começou a ser reproduzida na frente dela.

— Temos bastante tempo — disse ela. — Tenho certeza de que é isso que R2 vem falando para ele.

R2-D2 emitiu um bipe afirmativo quando a casa do lago surgiu abaixo deles. Anakin estava sorrindo quando aterrissou a nave, olhando para ela como se fosse um planeta que ele via pela primeira vez.

CAPÍTULO 7

A Guerra Clônica havia começado. Era inegável e, embora ninguém realmente soubesse o que aquilo significava, a guerra havia finalmente chegado na pequena bolha de tranquilidade de Padmé Amidala na casa do lago em Naboo. C-3PO não foi o único que enviara inúmeras mensagens enquanto ela estava em Nooroyo. As atualizações de Bail não diminuíram o ritmo, e até Mon Mothma havia enviado algumas curtas comunicações para ela. Mesmo assim, Padmé manteria sua paz por mais um pouco de tempo, porque era o que ela queria. Fechou as mensagens que Bail vinha mandando sem responder a nenhuma delas. O sol já estava quase se pondo e aquele era o dia de seu casamento.

Padmé havia trabalhado apenas brevemente com os soldados clone em Geonosis. Foi um episódio de alta tensão e ela agiu impulsionada pela adrenalina — apenas depois ela teve tempo para pensar em tudo aquilo. Os soldados a haviam procurado em busca de ordens e as seguiram quando ela as proferiu. Eles foram educados e se preocuparam com seu bem-estar físico. Não a questionaram. Foi quase como as equipes com as quais Padmé já estava acostumada a trabalhar, mas não exatamente.

Foi fácil. E isso a aterrorizava.

Decisões espontâneas nunca foram o forte de Padmé. Ela gostava de planejar. Ela antecipava resultados e suas consequências.

Ela nem sempre compartilhava seu método de raciocínio, é claro, mas ela tinha um, e até suas decisões mais impulsivas eram consideradas. Isso servira bem em sua vida profissional por mais de uma década, desde antes de sua eleição como rainha de Naboo. Para ser perfeitamente honesta, ela estava um pouco cansada de viver para outras pessoas, de sempre considerar os outros antes de si mesma. Queria algo que fosse *seu*. Certamente, conseguiria gerir as duas coisas ao mesmo tempo.

Foi fácil se apaixonar por Anakin Skywalker. E isso também a aterrorizava.

Ela se achava imune a coisas dessa natureza. Sim, tivera paixões na adolescência e, sim, havia pessoas que ela achava atraentes, mas isso nunca afetou sua mente igual Anakin. Ela sempre conseguiu superar essas coisas rapidamente, evitando relacionamentos e retornando ao trabalho. Ela tentou a mesma coisa quando percebeu para onde seus sentimentos por Anakin a estavam levando, e quase conseguiu; mas, diante da morte, ela decidiu se livrar de toda sua cautela.

E isso era amor, não é mesmo? Não era como se tivesse alguém para quem perguntar.

O segredo não a incomodava. Ela manteve segredos por toda sua vida. Aquele era de Anakin, primariamente, porque ele tinha mais a perder se fosse exposto, mas ela estava feliz em fazer parte disso.

C-3PO, agora com sua cobertura dourada, entrou de repente no quarto, tirando Padmé de seu devaneio. O droide era importuno e estranho — ela às vezes se perguntava como sua programação foi parar em Tatooine para Anakin depois catar em algum ferro-velho —, mas era eficiente. Assim que ela e Anakin decidiram fazer uma cerimônia de casamento, o droide entrou em ação, insistindo em todo tipo de costume antigo de Naboo e Tatooine. Padmé teria protestado, mas Anakin parecia gostar genuinamente da atenção que o droide estava dando a ele, então ela deixou que C-3PO cuidasse de todos os preparativos. Eles tinham o resto de suas vidas.

— Está na hora de se arrumar, milady — informou C-3PO. — R2 me contou que você geralmente tem ajuda com essa parte dos eventos formais, e já que hoje não terá essa ajuda, eu fiz o possível para organizar o seu guarda-roupa para deixar tudo acessível.

— Obrigada, C-3PO — disse Padmé.

— Precisa de alguma coisa de mim? — o droide perguntou, constrangido. — Temo que minha programação não inclui cuidados pessoais, mas acho que eu poderia segurar algo para você?

Uma imagem do droide de protocolo tentando fazer as tranças de seu cabelo passou pela mente de Padmé, e ela se esforçou para não cair na risada. C-3PO se levava muito a sério, e a oferta tinha sido feita com boas intenções.

— Não precisa, C-3PO — respondeu ela. — Anakin está bonito?

O droide a repreendeu.

— Você não vai tirar nada de mim, milady! — protestou ele. — Mas parece que nada vai impedir meu cronograma, se isso for uma resposta aceitável para você.

Ele se retirou a passos rígidos do quarto, uma característica de sua construção, não de sua atitude, e Padmé se permitiu sorrir quando ele saiu. O droide de protocolo devia ter sido um sucesso absoluto com os vaporizadores de umidade na fazenda da família Lars. Ela ficou contente por Anakin trazê-lo de volta quando eles deixaram Tatooine. Além de ser a última coisa que conectava Anakin com sua mãe e seu planeta natal, ele rapidamente estava se tornando indispensável. Padmé nunca tivera sorte com droides de protocolo, mas talvez aquele, construído por um garotinho que queria ajudar sua mãe, fosse exatamente o tipo de droide de que a galáxia precisava.

O vestido de Yané já estava esticado sobre sua cama. Havia chegado na hora do almoço, e C-3PO o tirou da mala imediatamente porque não queria que amassasse. Olhando para o vestido, Padmé não fazia ideia de como Yané havia conseguido fazer um trabalho tão detalhado em tão pouco tempo, mesmo com a ajuda de seus teares mecânicos. O vestido combinava perfeitamente com o tecido que Padmé havia transformado em seu véu, e era absolutamente lindo. Pregas elegantes e uma miríade de pérolas eram apenas o começo. As rendas e bordados deixaram Padmé de queixo caído. Era deslumbrante.

Ela já tinha decido por uma maquiagem e penteado simples, mesmo antes de C-3PO lembrá-la de que teria que fazer tudo sozinha. Ela não estava se casando como uma senadora ou representando o planeta de Naboo. Aquilo era apenas para ela e para Anakin. O véu cobriria a maior parte de sua cabeça, de qualquer maneira, e entre o vestido, o lago e aquilo que estava se tornando um perfeito pôr do sol de Naboo, ela tinha mais do que certeza de que seu visual estaria ótimo.

Rapidamente começou a trabalhar, separando seus cabelos em mechas simples que apoiariam todos os prendedores do véu. Em seguida, maquiou seu rosto, certificando-se de destacar suas feições em vez de deixá-las discretas, como geralmente fazia. Quando terminou, ela vestiu suas roupas de baixo. Tarde demais, Padmé percebeu que o vestido de Yané era abotoado nas costas — cerca de um milhão de pequenos botões que nunca conseguiria fechar sozinha.

Por um momento, sua solidão ameaçou esmagá-la. Suas amigas estavam todas longe. Nem imaginava onde Sabé estava. Seus pais não sabiam que ela estava em Naboo. Seus colegas no Senado sabiam apenas em linhas gerais sobre seu paradeiro quando desapareceu depois de Geonosis.

Mas Anakin estava aqui.

Padmé lembrou a si mesma que era escolha sua. Ela queria aquilo. Estava fazendo aquilo, não por seu planeta ou seu povo, mas por seu coração. Ela fecharia aquele vestido. E depois iria se casar.

Até onde Anakin sabia, tudo estava perfeito. C-3PO finalmente foi convencido de que suas preparações foram suficientes e agora estava ao lado, junto com R2-D2. O celebrante, um homem que Anakin havia conhecido apenas alguns momentos antes, mas que parecia agradável o bastante, estava elogiando o droide por um arranjo de flores em particular que Anakin nem havia realmente notado. Ele tinha olhos apenas para o lago e o céu, e para Padmé.

Quando ela saiu para a varanda, ele se sentiu em uma câmara de compressão cujo ar havia sido todo retirado. O mundo inteiro se fechou ao redor de sua visão dela, pálida e perfeita sob o pôr do sol. O véu que cobria seu cabelo era intrincado, e suas delicadas tranças se derramavam sobre a cauda, carregando aquilo que pareciam ser constelações inteiras de estrelas, cintilando sob a luz. Ela sempre foi a coisa mais linda que ele já viu, mas agora era impossível descrevê-la.

A princípio, ele mal ouviu as palavras que o celebrante dizia, unindo os dois para fins legais e espirituais. Os Jedi não tinham palavras para casamentos, é claro, mas o povo de Naboo, sim. Quando a atenção de Anakin se estendeu para além da presença de Padmé, ele ouviu e gravou as palavras em seu coração.

Quando o celebrante se afastou, Anakin tomou a mão de Padmé com sua mão esquerda. Após um momento de hesitação — uma hesitação que ela não compartilhava —, ele tomou a mão direita também. Ela deu um passo adiante, seu rosto virado para o dele. Agora ela parecia tão solene, mas ele podia sentir sua alegria debaixo da superfície. Seria assim com eles. Um rosto para o público e um rosto para um e para o outro. Ele aceitaria. E adoraria.

Anakin Skywalker baixou a cabeça e beijou sua esposa.

CAPÍTULO 8

O Conselho Jedi se dispersou rapidamente, mas o Mestre Yoda permaneceu em sua cadeira. Seus compatriotas já estavam cruzando a galáxia com o exército que eles de alguma forma haviam adquirido, respondendo a ameaças Separatistas em todos os cantos da República. Quatro deles participaram da reunião através de hologramas, e Yoda sabia que esse número aumentaria nos dias seguintes. Até mesmo ele seria enviado para fora, quando chegasse o momento. Ele havia previsto.

Mas, por enquanto, ele ficaria. Em Coruscant, sim. No Templo, certamente. Em sua cadeira, pelo maior tempo possível. Velho ele podia ser, mas sua teimosia aparecia de tempos em tempos, e de tempos em tempos ele fazia uso dela.

Ao seu redor, a grande cidade-planeta vibrava com vida. Alguns Jedi consideravam Coruscant fria e estéril, mas Yoda nunca tinha tido dificuldades de seguir as conexões da Força entre os incontáveis seres que viviam ali. Havia muito pouco da confiável pulsação da natureza, mas o fluxo de seres sencientes seguindo com suas vidas mais do que compensava isso. Às vezes, Yoda achava barulhento demais e se voltava para si mesmo, mas hoje ele queria sentir toda a cidade ao mesmo tempo.

As janelas do Conselho eram largas, e as luzes de Coruscant cintilavam. As linhas retas do Senado e de vários outros edifícios se projetavam sobre os níveis mais elevados do planeta. Também havia as filas de tráfego aéreo, traçando uma rede através de cada comunidade e ocasionalmente seguindo na direção dos níveis inferiores da cidade. Tudo era conectado ali, da mesma maneira que tudo era conectado na exuberância das selvas Felucianas, e Yoda podia sentir tudo.

Ele sentia falta dos dias em que a Ordem o deixava levar os jovens aprendizes em aventuras, além da mera busca por seus cristais kyber. Ele gostava de viajar, gostava da companhia das mentes mais jovens e da maneira como se moviam ao seu redor na Força. Agora isso era perigoso, e ele estava velho, mas ainda desejava aqueles tempos mais simples.

Ele sacudiu a cabeça. Nada de bom viria de distrações, ou de ficar pensando no passado. Ele se voltaria à meditação antes de deixar a sala para se recolher, mas antes disso, tinha um trabalho a fazer. Ele digitou no braço de sua cadeira e fez uma chamada em seu holoprojetor.

— Mestre Yoda? — veio a voz de Bail Organa, junto com a imagem do senador. — Em que posso ajudá-lo nesta noite?

Bail Organa era um dos melhores aliados que os Jedi tinham no Senado. Era com ele que os Jedi mais trabalhavam, e sua facção de legalistas era altamente respeitada. Se havia uma missão secreta que precisava ser realizada, Organa era a pessoa certa para prepará-la. Ele tinha muita relutância em participar da guerra, embora não tivesse negado nenhum dos consideráveis recursos de Alderaan e estivesse à frente da organização do envio de ajuda e suprimentos. Yoda considerava isso particularmente tranquilizador.

— Uma estranha pista nós temos, senador — Yoda disse. — Do seu interesse pode ser.

O senador ergueu as sobrancelhas.

— É sobre aquela empresa de suprimentos de que suspeitamos? — Bail perguntou. — Não encontramos nada durante nossa investigação, mas não tivemos tempo de checar os detalhes.

— Sim, é — Yoda lhe confirmou. — Muito desconfiada uma das empresas está. Muito desconfiada de nós! Exigiu um contato, mas que um Jedi não fosse. Apenas um senador, enviado em segredo.

Essa parte elevou a irritação de Mace Windu ao máximo. Era o oposto de como deveria ser. Os *Jedi* eram os agentes confiáveis. O Senado sempre era incrivelmente imprevisível, em especial com missões delicadas como aquela.

— Isso vai ser difícil de arranjar — Bail confessou. — Minha facção está no limite tentando manter os legalistas unidos. Se um deles desaparecer, definitivamente seria notado.

— Sim, sim — concordou Yoda. — Sempre em movimento o Senado está, mas principalmente com o Senado em guerra. Pensar mais eu vou, e você também, eu presumo.

— Obrigado, Mestre Yoda — disse Bail. Ele parecia cansado. — Suas informações são sempre bem-vindas, mesmo se levarmos um tempo para agir.

Yoda desconectou a chamada e voltou sua atenção para a cidade. Quando fechou os olhos e expandiu sua mente com a Força, ele pensou mais uma vez sobre as crianças e coisas novas, e sobre encontrar caminhos de luz em meio às trevas.

Bail Organa apertou o meio de seus olhos e depois esfregou o rosto. Ele estava acordado por aquilo que parecia horas, tentando digerir os poderes que o chanceler agora tinha e se manter atualizado com as novas diretrizes que sua facção tentava aprovar. Seus assessores estavam igualmente ocupados, lendo outros documentos, acompanhando as notícias e filtrando tudo para ele, embora já parecesse que seu cérebro estava prestes a explodir. Ele sabia que Mon Mothma ainda estava em sua sala, fazendo a mesma coisa. Não fazia ideia de onde Padmé Amidala estava e não sabia quando voltaria. Ainda assim, ele a mantinha atualizada. Ela foi ferida em Geonosis e merecia um tempo para se recuperar, mas ele precisava muito que ela voltasse.

Sentado na poltrona para convidados, longe do fluxo do movimento, estava o Representante Binks. Jar Jar vinha trabalhando no Senado há mais de uma década, e ele era excelente para organizar arquivos e se lembrar do que as pessoas haviam falado em conversas aleatórias, mas sua inocência não havia diminuído. O discurso bem-intencionado no Senado havia permitido que o chanceler ganhasse poderes que Bail não aprovava, mas ele era realista o bastante para admitir que teria acontecido de qualquer maneira. O Chanceler Palpatine tinha talento para conseguir aquilo que queria, mas doeu um pouco saber que isso tinha vindo de sua facção e deixado Bail em desvantagem enquanto tentava decidir os próximos passos. Ao menos o chanceler agora devia um favor a eles, e não a outra pessoa.

A nova informação do Mestre Yoda era boa demais para não ser usada. Havia uma empresa de reabastecimento que alguém em Alderaan havia subcontratado — tudo normal, principalmente com a galáxia se mobilizando naquela escala —, mas a empresa era realmente estranha. A equipe de Bail havia investigado o máximo possível, assim como sua esposa, mas eles estavam todos sobrecarregados. Essa nova informação, dada aos Jedi, mas insistindo no envolvimento do Senado, era a única pista que tinham. Bail só precisava descobrir onde isso entrava em sua lista de prioridades.

Uma xícara de caf apareceu diante dele, e um pouco foi derramado quando Jar Jar a colocou sobre a mesa.

— Ooops — murmurou o Gungan.

— Está tudo bem — assegurou Bail, ele mesmo limpando a bagunça. — Eu agradeço.

— Você precisa ir dormir, não tomar caf — falou Jar Jar.

— Você está absolutamente certo, meu amigo — Bail disse. Ele então tomou quase tudo em um gole só, mesmo o caf estando bem quente. — Infelizmente, acho que vou acabar tomando ainda mais caf.

— Todos estão fazendo suas tarefas, trabalhando duro — comentou Jar Jar. Ele tocou seu longo nariz. — O que precisamos é de alguém que fique em dois lugares ao mesmo tempo.

Bail piscou, pensativo. Jar Jar voltou para sua poltrona e tentou não atrapalhar. Ele derrubou uma pilha de datapads, riu consigo mesmo e começou a reorganizá-los. Bail não se importou.

— Obrigado, Representante Binks — disse Bail. — Esse é exatamente o tipo de solução que eu estava procurando.

Ele enviou outra mensagem para a Senadora Amidala. Nada específico, é claro, mas uma enigmática sugestão para que retornasse a Coruscant assim que possível. Ele pediu ao comissário para que trouxesse jantar para toda sua equipe, além de algumas das iguarias aquáticas que Jar Jar tanto gostava. Revigorado, ele voltou a mergulhar nos documentos que delineavam os novos poderes do chanceler, e tentou imaginar como contornaria a situação.

Às vezes, em suas fantasias mais simples, o Chanceler Palpatine se imaginava ateando fogo ao Senado. Seria mesquinho e tolo, e não resolveria nenhum de seus problemas, mas ele gostava da ideia de ver todos correndo e gritando enquanto ele assistia. O que acontecia agora era quase tão satisfatório, mesmo tendo um poder de destruição menos imediato. O Senado estava digerindo o novo exército e seus novos poderes, tentando encontrar onde poderiam pressionar por vantagens individuais ou em grupo, e ainda tentando continuar com as operações diárias da República. Se esperasse tempo suficiente, talvez eles mesmos pudessem atear fogo por ele.

Palpatine gostava do prazer que sentia quando manipulava as pessoas. Sempre foi um de seus maiores talentos desde criança, e ele havia afiado tanto essa lâmina que as pessoas raramente notavam quando eram cortadas por ela até perceberem que haviam perdido muito sangue. Não havia cauterização sancionada pelos Jedi para os ferimentos que ele causava. Eles sangravam, e espalhavam infecções de maneiras que às vezes até o surpreendiam, mas sempre o encantavam. Era seu jeito favorito de expandir seu próprio poder, a única maneira segura com tantos Jedi por perto. Contava com outras opções, é claro, coisas que aprendera quando era um jovem rapaz cruzando a galáxia, mas essas opções ele mantinha em segredo.

Porém, podia usá-las de maneira discreta. Agora mesmo, por exemplo, ele podia sentir as emoções de todos os senadores e suas equipes enquanto se apressavam pelo edifício, respondendo às novas ameaças da guerra. Era nesses momentos em que ele se sentia mais supremo. Não quando agia por causa de sua raiva, mas quando a acumulava, usando-a como um foco para crescer. Havia poderes na galáxia aos quais ele não tinha acesso, algo que o irritava, mas ele tinha isso, e isso o tornava forte.

Seu assessor, Mas Amedda, entrou na sala, tirando a atenção de Palpatine do turbilhão de emoções correndo nos andares abaixo.

— O que foi? — ele perguntou.

— O Jedi Skywalker está em Naboo — informou Amedda. — Kenobi retornou com os outros, mas Skywalker não está com eles.

O garoto não foi para Naboo por causa do clima ameno. Isso era óbvio.

— Certifique-se de trazê-lo aqui quando retornar — instruiu Palpatine. — Não imediatamente, é claro. Ele pode ir para o Templo primeiro. Mas quero conversar com ele antes que seja enviado a algum outro planeta.

— Farei isso — assegurou Amedda. — Você precisa de mais alguma coisa?

A lista de coisas que Palpatine precisava era longa e incrivelmente secreta. Como seu assessor, Mas Amedda tinha uma ideia geral sobre o que seu chanceler estava tramando, mas Palpatine não o incomodava com detalhes. Ele tinha maneiras para deixar seus assessores sob seu controle. O Chagriano era muito útil quando se tratava de lidar com os políticos que Palpatine não tinha tempo para conversar, e perdê-lo seria altamente inconveniente.

— Não, obrigado — disse ele. Foi sua única dispensa. Com o canto do olho ele viu Amedda curvando a cabeça em respeito e ouviu a porta se fechando depois que o assessor se retirou.

Independentemente do que Skywalker fazia em Naboo, logo retornaria. Ele estaria faminto por vingança contra Darth Tyranus e ansioso para restaurar a ordem na República. Os Jedi ainda não haviam arruinado completamente seu ímpeto para fortes emoções e sua obstinação, e Palpatine sabia exatamente para qual caminho ele queria enviar o garoto em seguida. Ele se lembrou das especificações técnicas do novo droide que, segundo os rumores, os Separatistas possuíam e sorriu. A verdade era muito melhor do que os rumores. Tudo estava progredindo da maneira como ele esperava, e logo poderia dar seus próximos passos.

Sabé fechou o arquivo das requisições semanais de água para as fazendas periféricas e fechou os olhos. Era fácil se perder naquele trabalho, a simples mobilização de recursos das pessoas que possuíam para aqueles que necessitavam. Não podia fingir que era algo que mudaria a galáxia, mas era um trabalho necessário, principalmente para um lugar como Tatooine, que rastreava cada gota de água. E fazer isso a acalmava. Eram problemas que ela podia resolver, pessoas que podia ajudar. Era fácil se perder nessas tarefas, voltar para casa no fim do dia e fingir que tudo estava bem.

Ela nunca se sentiu assim antes, tão focada e satisfeita fazendo tão pouco. Ela havia passado sua infância se esforçando para seguir em frente e sua adolescência intencionalmente se colocando de lado. Ela havia dominado a arte de chegar em segundo lugar, de ser a pessoa que ninguém via ou se lembrava. Ainda se surpreendia quando seus vizinhos a cumprimentavam quando ela caminhava de volta para casa depois do trabalho. Estava gostando de sua independência, de fazer seu próprio trabalho. Gostando muito mais do que esperava.

Mas a missão sempre viria em primeiro lugar. Padmé sempre viria em primeiro lugar. Elas haviam prometido isso uma à outra havia mais de uma década, e Sabé não era do tipo que renega sua palavra sem uma boa razão. Ela continuaria o trabalho do coração de Padmé em Tatooine porque Padmé não podia mais fazer isso, e se estava gostando, melhor assim. Mas sempre estaria pronta para partir se Padmé precisasse dela. Tonra entendia isso, assim como sua chefe, mesmo sua chefe não sabendo exatamente quem era seu tal de "contato de fora do planeta".

Estavam fazendo um bom progresso em Tatooine. Estavam se tornando membros confiáveis da comunidade. Mesmo se ela precisasse deixar o planeta, Tonra poderia ficar e cuidar do trabalho sozinho por um tempo. Ela estaria pronta para qualquer coisa, como sempre.

Sabé abriu os olhos. Já estava na hora de encontrar Tonra na cantina. Seu trabalho diurno estava pronto, e agora seu outro trabalho podia começar.

CAPÍTULO 9

O CONSOLE DE COMUNICAÇÃO de Padmé emitiu um sinal, e desta vez ela se forçou a atender.

— Não sei por que você não pode ignorar por mais algumas horas — disse Anakin, quando ela voltou. Ele estava sentado em um divã, olhando para o lago. Eles não vinham conversando ou fazendo qualquer outra coisa. Apenas apreciando o silêncio.

— Há dias que estou ignorando as chamadas — a esposa argumentou com ele. — No mínimo, preciso checar para saber se é alguma emergência.

Os últimos dias haviam sido gloriosos. Tinham vindo nadar em uma das pedras perto da casa do lago — evitando a praia — e passaram horas sob o sol e dentro da água sem nenhuma preocupação que não fosse um ao outro e reaplicar o protetor solar. Eles escalaram uma das montanhas atrás da casa e Padmé mostrou os pontos históricos visíveis daquela grande altura. Eles se deitaram na varanda no escuro, observando as estrelas, e Anakin lhe contou sobre os locais onde esteve enquanto ela passava todo seu tempo trabalhando no Senado. Ele ainda não havia visitado todas as estrelas, mas estava acumulando um total impressionante.

— É, acho que sim — cedeu Anakin. — O Mestre Obi-Wan Kenobi deve estar se perguntando por que estou demorando tanto.

— Você não contou a ele para onde estava indo? — perguntou Padmé.

— Eu disse que estava fazendo sua escolta de volta para Naboo e depois eu seguiria para algum lugar para meditar por um tempo — contou Anakin. — Isso é mais ou menos verdade. Ele não vai ficar preocupado comigo e eu saberia se algo estivesse errado.

— Mesmo assim, não podemos ficar aqui para sempre — disse Padmé.

Anakin queria provocá-la e perguntar por que não, mas não fez isso. Ele sabia que era um momento especial e que logo teria que acabar.

— Eu sei — concordou ele. — Mas foi bom enquanto durou.

Ele se levantou, focando sua mente e afastando todas as coisas que o distraíam da realidade.

— O que o Senador Organa queria? — indagou ele.

— Como você sabe que foi ele quem ligou? — perguntou Padmé. — Eu recebo mensagens de todo tipo de pessoa.

— Sim, mas as mensagens do Senador Organa sempre deixam você pensativa — explicou Anakin. — Você torce o nariz e aparece uma pequena linha entre as suas sobrancelhas.

— Eu não *torço* o nariz — falou ela, mas estava rindo.

Havia apenas dois políticos que Anakin gostava. Padmé, porque era linda e bondosa e o amava, e o chanceler, porque ele era muito ponderado e tinha bom senso. Anakin tolerava os outros; mas, dentre todos na facção de Padmé, Bail Organa era seu favorito. Ele era direto e não fazia rodeios sobre aquilo que queria.

— É uma missão — Padmé admitiu. — De uma natureza muito sensível, pelo que eu entendi, e não pode haver nenhum Jedi envolvido. Não sei os detalhes. Bail não pode me contar em um comlink inseguro. Mas acho que será importante, e eu deveria voltar para Coruscant para ajudar.

— Certo — disse Anakin. — Então, aqui vai a minha opinião sobre o que devemos fazer. Podemos fazer uma última refeição juntos hoje à noite, e então, pela manhã, você pode voltar para Theed e embarcar em uma nave governamental para Coruscant. Eu voltarei em outra nave.

— Por que separados? — questionou Padmé. — Podemos viajar juntos. Ninguém vai notar.

— Eu vou notar — falou Anakin. — Quero que nosso trabalho e nossas vidas fiquem o mais separados possível. Isso faz sentido? Eu sei que você vai ficar lendo durante toda a viagem no hiperespaço, por exemplo. Isso não conta como tempo passado comigo.

— Gostei disso — disse Padmé. Ela andou de volta até o divã e se aninhou ao seu lado. — Você leu isso em algum lugar?

— Li. — Anakin enrubesceu. — Eu tinha umas lacunas na minha educação que eu precisava preencher.

— Eu te amo — falou Padmé.

— Eu também te amo — ele disse a ela.

Eles ficaram ali sentados, unidos por todo o tempo que não teriam juntos e completamente absorvidos na companhia um do outro, até que C-3PO apareceu para dizer que já era hora do jantar.

A viagem de volta a Coruscant foi como acordar de um sonho. Até mesmo Theed, que geralmente parecia acolhedora e pequena para ela ultimamente, foi um borrão de barulho e pessoas, quando tudo que ela queria era a paz que haviam desfrutado na casa do lago. Sua definição do que seria seu lar havia mudado, ela percebeu. Não era mais um lugar, não mais uma localização para onde ela podia ir. Era uma pessoa. E seu lar estaria longe enquanto os dois estivessem separados.

Não era de todo mal. Typho e Dormé esperavam por ela no espaçoporto. Suas novas damas de companhia, Ellé e Moteé, também estavam lá. Usaram a viagem para se atualizarem com as novas leis, o que significava que Padmé e Dormé tentaram ler o máximo que fosse humanamente possível, e Ellé e Moteé tiveram seu batismo de fogo, tentando encontrar um lugar para se encaixarem no sistema. C-3PO tinha acompanhado Padmé, enquanto R2-D2 ficara com Anakin. Ela sentiria falta do pequeno astromecânico, mas eles concordaram que seria melhor que Anakin tivesse um droide em quem confiava quando os Jedi fossem enviados para a guerra, e era mais seguro para C-3PO se juntar à equipe de Padmé.

— Não consigo acreditar em como os conflitos se espalharam com tanta rapidez — comentou Padmé, tirando uma folga dos incontáveis arquivos que Bail havia enviado. — Estamos enfrentando a Federação de Comércio há algum tempo, de um jeito ou de outro, e sempre pareceu algo menor, como se fosse apenas problema de Naboo ou meu. Mas agora isso tudo é enorme.

— Tenho a impressão de que os Separatistas estavam esperando para fazer uma grande jogada — disse Dormé. — Geonosis deveria ter sido uma vitória para eles, então suas tropas já estavam posicionadas para terminar o trabalho.

— Mas eles não contavam com o exército de clones da República — acrescentou Padmé. — E ninguém realmente sabe de onde veio esse exército.

— Ouvi em um holograma de notícias que um Jedi havia encomendado o exército anos atrás — disse Ellé. — Claro, esse tipo de holograma não é muito confiável, e ninguém parece entender por que um Jedi faria isso, mas é a única teoria razoável que apareceu até agora.

— O chanceler parece bastante satisfeito — Moteé acrescentou. — Ele deu o comando do exército para os Jedi, porque a República não conseguia fornecer generais suficientes, mas isso pareceu mais uma jogada para manter o Senado fora da linha direta do poder, e os Separatistas podem... agradecer por isso, caso haja negociações para o fim da guerra.

— E os Jedi sabem o que fazer com o exército? — Dormé perguntou.

— Logo saberão — falou Padmé. — Estou mais preocupada sobre como manter a República unida enquanto a guerra acontece. Quando as coisas se complicam, os Separatistas aparecem com soluções fáceis. Não quero que os planetas caiam nessa armadilha.

— Ao menos nós sabemos aquilo em que acreditamos — disse Typho, sobre seu ombro, sentado no assento do piloto. — Já é um começo.

Ele estava certo, e isso era melhor do que nada.

A Senadora Amidala pediu para que a nave aterrissasse diretamente na plataforma do Senado, em vez de em sua residência. Já tinha passado muito tempo longe e queria começar a trabalhar imediatamente. Ellé e Moteé, supervisionadas por Dormé, a ajudaram a colocar um vestido mais elaborado do que geralmente usava no Senado. Era hora de lembrar a todos quem ela era, de onde tinha vindo, e que estava falando sério.

Seu cabelo estava preso em dois coques logo abaixo das orelhas, e um terceiro na base do pescoço. Um fino adorno metálico cobria sua cabeça, decorado com flores e vinhas. Seu rosto foi maquiado em tons pálidos, não com o tradicional branco puro da rainha de Naboo, mas definitivamente puxando para esse lado. Seus lábios haviam sido pintados de vermelho e os olhos sombreados com pó vermelho-vinho.

O vestido era feito de três partes. Uma roupa de baixo de seda Karlini que chegava até os joelhos e a cobria até os punhos, por cima uma túnica mais pesada de veludo cor de vinho. Não tinha mangas e se estendia de seus ombros até o chão em uma única linha ininterrupta que era apoiada por leves suportes de aço costurados no tecido. Finalmente, uma elaborada cauda de quase meio metro de largura ficava presa ao redor da cintura e se estendia atrás dela como um trem.

Ellé e Moteé receberam mantos púrpuras para usar por cima de seus vestidos. Dormé não cobriu a cabeça com nada, mas usava as mesmas cores. Typho usava seu uniforme, carregando o chapéu debaixo do braço. C-3PO, polido até brilhar, caminhou com eles nos corredores do Senado e comentou que, de fato, ele tinha sido criado para aquilo.

Dormé e Typho se separaram do restante, seguindo para a sala de Padmé para começar a trabalhar em sua agenda. Eles levaram o droide junto. Ellé e Moteé seguiram Padmé pelos corredores enquanto ela caminhava com determinação para seu destino. Algumas pessoas a saudaram, mas ela não parou para ninguém. Sem demora, elas chegaram na sala do Senador Organa.

— Ah, Senadora Amidala — disse Bail. — É muito bom vê-la novamente. Então, você já se recuperou de seus ferimentos em Geonosis?

Padmé ficou agradecida por ele ter ajudado a disseminar sua história, mesmo sem ele saber que estava fazendo isso. Em termos gerais, era uma história muito próxima da verdade, exceto por uma flagrante omissão.

— Sim, obrigada, senador — falou Padmé. — Os ferimentos não foram profundos, mas aconteceram em um lugar incômodo.

— Estamos contentes por você estar de volta — disse Mon Mothma. Ela se levantou elegantemente de sua cadeira para se aproximar e apertar a mão de Padmé. Como de costume com as damas de companhia, ninguém mencionou Ellé ou Moteé, que permaneceram de pé ao lado da porta.

— Então, temos uma missão de natureza sensível para considerar? — Padmé perguntou, ansiosa para começar.

— É infinitamente complicada — respondeu Mon Mothma. Ela enlaçou o braço com Padmé e a conduziu para seu assento.

Apenas Bail e Mon Mothma estavam presentes, o que surpreendeu Padmé. Eles sabiam que ela estava vindo, e Padmé esperava que outros membros da facção estariam presentes.

— A missão em si é bastante direta — Mon Mothma continuou. — Precisamos enviar um senador e um ou dois droides para dentro de uma nave específica, e então eles devem esperar por um contato. O problema é que precisa ser um senador. Qualquer um de nossa facção poderia ir, mas estamos todos ocupados. Além disso, a natureza sensível da missão requer que o senador seja pouco notável, e qualquer um que pudéssemos enviar definitivamente chamaria atenção. Somos todos muito proeminentes aqui. E nenhum de nós pode estar em dois lugares ao mesmo tempo.

Bail Organa era um político experiente demais para mostrar reação se não quisesse. Ele não perguntaria diretamente e não entregaria os segredos de Padmé. Ela sempre havia confiado nele, mas agora soube com certeza que estava certa por depositar essa confiança. Ele a olhou nos olhos atentamente, sem revelar nenhum dos segredos dela. Bail estava oferecendo uma escolha para Padmé.

— Senadores — disse ela, cruzando os braços —, se estão procurando alguém que pode fazer isso, eu tenho a solução perfeita para vocês.

ERA UMA VEZ, UMA garota que vinha trabalhando demais a vida inteira, e essa era a parte que mais detestava.

Foi pura sorte ter sido levada até a porta de Shmi Skywalker. Seu nav portátil, útil para evitar os perigos dos desertos de Tatooine, não estava funcionando direito em uma de suas viagens em busca de suprimentos na cidade, e o negociante com quem estava barganhando havia recomendado um lugar onde ela podia consertá-lo por um bom preço. Shmi fez o trabalho e recebeu o pagamento, e a garota retornou para casa sem conseguir tirar de sua mente a imagem da mesa de Shmi, coberta com partes para consertar qualquer coisa.

Sua rede de contatos ficou interessada. Cliegg Lars — depois de sua primeira conversa com Shmi — ficou ainda mais interessado.

Nas semanas seguintes, Shmi contou a todos sobre as fraquezas do Toydariano e como ele trapaceava para superá-las. Ela passava a maior parte de seu tempo com Cliegg, sob a desculpa de ter sido contratada para calibrar os vaporizadores de umidade, e ele sempre a fazia rir. No restante do tempo, ela e a garota trabalhavam em dispositivos de rastreamento, criados para encontrar um chip muito específico.

— Encontrar é só metade do problema — disse a garota. — Se não conseguirmos desativá-lo, então não adianta nada.

— Tudo é resolvido com um passo de cada vez — afirmou Shmi. Ela estava acostumada a pequenas vitórias.

Finalmente, o dia chegou: Cliegg atraiu Watto para um jogo e o derrotou, e Shmi era o prêmio prometido. Ela estava livre quando eles voltaram para a fazenda da família Lars, mas seu chip continuou onde estava.

Foi preciso quase três meses de tentativa e erro. Shmi teria morrido se o chip estivesse sob o controle de um escravista e não de alguém que gostava e cuidava dela. Era aterrorizante de ver, de pensar sobre aquilo; ainda assim, ela se levantava da cama todos os dias e tentava de novo. A garota fazia o possível para ajudar, mas o talento para engenharia de Shmi era o melhor entre todos eles.

— Espero que um dia você possa conhecer meu filho — disse Shmi. — Eu ensinei a ele tudo que sei, mas ele era muito talentoso. Ele queria um dispositivo como esse. É bom poder terminar seu sonho.

Finalmente, o desprogramador ficou pronto. Restava apenas testá-lo.

Cliegg não conseguiu assistir. Owen o levou para o outro lado da fazenda e tentou mantê-lo distraído. A garota posicionou o dispositivo no braço de Shmi e seguiu o scanner até localizar o chip: fundido com sua coluna vertebral. Uma vez localizado o chip, seu tempo era precioso. Precisava ser desativado antes que o dispositivo de monitoração no escritório de Cliegg percebesse que estava sendo manipulado. Shmi não morreria se eles fracassassem, mas a próxima pessoa com quem tentassem aquilo não teria a vantagem de estar livre.

Os cortes foram rápidos e precisos, e logo a garota segurava o chip em sua mão. Ela fez o curativo nas costas de Shmi e se certificou de que o sangue perdido não fosse significativo. Eles haviam conseguido. Tinha funcionado.

Não funcionava sempre.

Havia um momento um pouco antes da salvaguarda do chip ser ativada quando todos sabiam que havia dado errado. Algumas pessoas gritavam. Algumas fechavam os olhos e esperavam. Sempre era terrível.

Shmi trabalhava incansavelmente para melhorar o scanner, melhorar a programação, mas parecia não conseguir resolver tudo.

E então, ela morreu.

Cliegg ficou desolado. Owen ficou furioso, embora sua fúria não fosse nada em comparação com a fúria do filho de Shmi, que havia chegado tarde demais para ajudar e foi embora quase imediatamente. A garota fazia a única coisa que podia: ela se levantava da cama todos os dias e tentava de novo. Outros assumiram os aspectos técnicos para libertar pessoas escravizadas em Tatooine, mas era a garota que os alimentava quando não estavam mais presos. Era a garota que os confortava quando o resultado era trágico. A maioria dos seres recém-libertos deixava Tatooine, e a garota não podia culpá-los. Não eram as mãos dela que os libertavam, e eles podiam nunca saber seu nome, mas era a bondade dela que os encaminhava para seus destinos.

Beru Whitesun sabia que seu trabalho nunca terminaria, mas ela torcia para que fosse suficiente.

CAPÍTULO 10

O PROBLEMA COM O negócio de exportação de água era sua sazonalidade, e se a estação tivesse sido ruim, então não havia água para exportar. Geralmente, isso resultava em uma indesejada perda do emprego, mas já que Sabé não estava em Tatooine realmente para lucrar exportando os limitados recursos do planeta, ficar sem emprego lhe convinha muito bem. Sua chefe, uma pessoa decente que parecia genuinamente sentir muito por tê-la trazido de tão longe para nada, conseguiu dar a ela um dia de trabalho por semana monitorando as projeções daquele ano. Isso significava que Sabé, e sua nave, tinham tempo livre.

O primeiro contato que os procurou veio através do trabalho de Tonra na cantina. Alguém precisava que algumas caixas de mantimentos fossem enviadas para uma das fazendas mais distantes e estava procurando por transporte que os Tusken não pudessem alcançar. Sabé realizou a entrega com facilidade e combinou de fazer aquela rota mensalmente e, depois disso, mais trabalhos começaram a aparecer.

Não seria suficiente para sustentá-la se estivesse sozinha. O salário de Tonra na cantina e seu pequeno salário no depósito de água pagavam a maior parte de suas contas. Mas a questão nunca foi o dinheiro. Serem conhecidos como confiáveis era mais importante.

Seu primeiro trabalho para fora do planeta foi transportando uma família para outro setor da galáxia. Em vez de esperar por um transporte público, eles escolheram pagar a ela para levá-los até o centro de transportes mais próximo, de onde poderiam seguir viagem para onde quisessem. A família era muito silenciosa, muito emaciada e praticamente não levava nenhum pertence. Sabé não fez perguntas, mas também não precisava. Ela esperava que seus trabalhos no planeta tivessem sido uma preparação para aquela nova tarefa. No fim, ela entregou a família em segurança no centro de transportes, surpreendeu os adultos repassando algumas moedas extras e voltou para Tatooine.

Tonra fez o transporte seguinte e relatou uma série de eventos semelhantes. Sua carga foram três irmãs e seus filhos — todos magros e queimados de sol. Dessa vez, Sabé havia preparado um kit com suprimentos médicos e rações para os refugiados. Não sabia se as pessoas que eles transportavam continuariam se comunicando com seus contatos em Tatooine, mas estava fazendo isso não apenas para incrementar sua reputação.

E foi preciso só isso. Duas semanas de viagens cuidadosamente preparadas, e Sabon e Arton se tornaram conhecidos portos seguros em Mos Eisley. Era frustrante se mover tão lentamente e não ter a visão geral, mas Sabé disse a si mesma que estava fazendo um trabalho melhor ajudando um sistema ativo desta vez. Ela ainda não tinha ideia de com quem estavam agindo, mas sabia que eles eram necessários e estavam fazendo um bom trabalho.

Tonra tinha preparado o jantar quando ela chegou em casa depois da terceira viagem de transporte. A comida na cantina onde ele trabalhava era decente, mas ele tendia a adicionar seus próprios temperos quando trazia comida para casa.

— O cheiro está ótimo — Sabé disse, tirando sua jaqueta. — E eu não quero nem imaginar o que isso seja.

— É melhor mesmo — falou Tonra a ela. — Só pense em como o cheiro está bom.

Havia muitos animais reptilianos estranhos em Tatooine, e Sabé não tinha desejo algum de saber qual eles comeriam.

— Com certeza — disse ela, depois se sentou. — Mais uma viagem tranquila hoje. Os passageiros pareciam menos tímidos. Talvez as pessoas já estejam ouvindo falar que nós somos seguros. Um deles quase conversou comigo.

— Eles sempre conversam comigo — comentou Tonra, deixando uma tigela na frente de Sabé. Ela resistiu à vontade de mostrar a língua para ele. — Chegou uma mensagem de Coruscant para você.

Apenas uma pessoa a chamaria em Coruscant, e dificilmente Padmé queria apenas conversar. Parte dela ficou entusiasmada. O trabalho que ela fazia em Tatooine era bom, mas um pouco entediante. Sentia falta dos altos riscos da política e da emoção de trabalhar em um nível galáctico. Uma parte maior dela ficou desapontada, o que a surpreendeu. Ela estava construindo algo ali, e desta vez eles estavam no caminho certo. Ela não queria deixar o planeta *de novo*.

— Vou comer primeiro — Sabé disse a ele. — Alguma coisa interessante aconteceu enquanto eu estava fora?

— Teve uma briga na cantina hoje à tarde — Tonra contou. — Dois comerciantes de longa distância da mesma nave. Ninguém se feriu muito. Acho que eles só queriam extravasar um pouco.

Ele então descreveu a briga com tons de comédia, tentando imitar as vozes dos participantes e de seu próprio chefe, que tentava impedir que eles quebrassem tudo. Sabé riu enquanto ele contava toda a história e comeu o jantar sem pensar no que realmente era.

— Se ela precisar de mim, você podia ficar aqui — Sabé disse quando ele terminou a história e começou a comer antes que sua comida esfriasse. Ele não respondeu imediatamente. — Quer dizer, se você quiser. Se preferir ficar em outro lugar, eu vou entender.

Mas eu… quer dizer, Sabon, podia simplesmente… sair em uma viagem de suprimentos mais longa. E você poderia continuar o que estamos fazendo aqui, e quando eu terminar, eu poderia voltar.

— Eu pensei nisso — respondeu Tonra. Ele baixou a colher sobre a mesa. — Eu poderia deixar você no centro de transporte e ficar com a nave. Podemos inventar uma história. Assim eu poderia continuar fazendo as viagens e simplesmente buscar você quando estiver pronta.

— Eu gosto dessa ideia — falou Sabé. Agora que ela sabia que eles estavam pensando a mesma coisa, ficou ainda menos disposta a abandonar Mos Eisley. — Deixe-me ver o que ela quer antes de tomarmos qualquer decisão.

Sabé pegou seu prato vazio e o de Tonra e foi para a cozinha lavá-los. Antes, uma ligação de Padmé a faria correr para o holoprojetor, ansiosa para ouvir o que sua amiga queria que ela fizesse. Mas algo havia mudado. Depois de Geonosis, Padmé parecia estranhamente reticente, escondendo tudo até mesmo de Sabé. Ela havia sumido na casa do lago em Naboo e não havia entrado em contato há semanas. E, sim, a própria Sabé não era fácil de se rastrear, mas Padmé era uma senadora. Se fosse importante, encontraria um jeito. E agora ela precisava de Sabé outra vez, e Sabé ficou alarmada ao perceber que se sentia um pouco ressentida. O que estava acontecendo com elas?

Quando tudo estava limpo, ela foi até o holoprojetor e o ligou. Ela não fazia ideia do horário em Coruscant, e não sabia quanto tempo teria que aguardar para Padmé atender, mas alguém estaria do outro lado da linha e contaria a ela o que esperar.

— Sabé! — Para sua surpresa, o rosto de Padmé apareceu na sua frente quase de imediato. A senadora parecia bem, claramente recuperada dos acontecimentos na forja droide, e seu tom de voz estava normal. — Ah, estou tão feliz em ver você. Senti tanto a sua falta.

— Eu também senti a sua falta — disse Sabé. E era verdade. Sentir a falta de Padmé era como sentir a falta do sol, e ela atualmente estava em um planeta com dois sóis.

— Como está Tatooine? — perguntou Padmé.

— Quente, seca e empoeirada — respondeu Sabé. — Mas estamos fazendo um progresso real. As pessoas daqui, aquelas com quem eu me importo, estão começando a confiar em nós. Já fizemos alguns transportes para fora do planeta.

— Isso é bom. — Padmé mordeu o lábio. Ela definitivamente estava prestes a pedir a Sabé que deixasse o planeta.

— Tonra sugeriu que encaixaria em nosso disfarce se eu desaparecesse em uma missão mais longa — disse Sabé. O alívio de Padmé foi imediato. — Ele vai ficar com a nave, mas eu posso viajar para Coruscant a partir do centro de transporte daqui. Quando terminarmos, eu posso voltar.

— Vou enviar a Capitã Mariek para você — Padmé ofereceu, tentando facilitar o máximo que podia. — A sua viagem será mais fácil assim e eu não vou me preocupar com você durante todo esse tempo.

— O que você precisa que eu faça? — Sabé perguntou. Ela se recostou na cadeira, quase relaxada com a maneira como tudo aquilo parecia familiar.

— Essa será complicada — disse Padmé. — Minha facção no Senado está realizando uma missão, e quem precisa ir sou eu. O problema é que não posso desaparecer do Senado, porque as pessoas vão notar. Preciso que você venha para Coruscant e seja a Senadora Amidala.

Todo seu relaxamento se foi. A *Senadora* Amidala era uma questão muito diferente. Não havia maquiagem para se esconder, nenhum vestido volumoso para usar como barreira física. Não seria uma troca normal. Ela teria que imitar Padmé no plenário do Senado Galáctico.

— Quem saberá? — Sabé perguntou.

— O Senador Organa — disse Padmé. Não era uma surpresa. Ele havia notado o disfarce logo no início, mas nunca contara a ninguém. Sabé gostava dele. — E Mon Mothma.

Era uma lista muito curta, e o chanceler não aparecia nela.

— Isso será um desafio — observou Sabé.

— Pelo lado bom, acabei de trazer mais duas damas de companhia — contou Padmé. Sua voz vacilou um pouco ao se referir à tragédia como tendo um lado bom. — Você pode trocar de lugar com uma delas facilmente para reaprender como o Senado funciona, e então você e eu podemos trocar de lugar por alguns dias antes da minha saída.

Sabé já estava fazendo suas malas mentalmente.

— Vou encontrar Mariek no centro de transporte amanhã, se ela puder estar lá — disse Sabé.

— Vou cuidar dos preparativos — falou Padmé. Ela hesitou, então sorriu. — Estou tão feliz por nos vermos de novo.

— Eu também — respondeu Sabé. E era verdade. — Será como nos velhos tempos. É melhor eu ir arrumar minha mala.

Padmé tinha toda a intenção de contar a história inteira para Sabé, desde ter encontrado Anakin de novo, o tempo que passaram na fazenda da família Lars e como foram capturados em Geonosis, incluindo o casamento. Mas então Sabé disse "como nos velhos tempos", e sua determinação desabou.

Anakin não pôde encontrá-la quando retornou para Coruscant. Ele ficou no planeta apenas pelo tempo de se encontrar com o chanceler e receber a missão seguinte antes que ele e Obi-Wan fossem enviados para o combate. Ainda não tinham criado uma forma para se comunicar em segredo, e Padmé não tinha razão para contatá-lo através de canais oficiais. Ela já esperava esse tipo de coisa; essa era a razão para terem viajado separados quando voltaram da casa do lago, mas ainda assim doía. Ela aceitava que ele tinha um trabalho a fazer, assim como ela, mas não esperava que a realidade fosse jogar aquilo na sua cara tão depressa. Quando tivesse um momento, ela perguntaria a C-3PO se havia algum jeito de ele se conectar com R2-D2 de um modo seguro.

Esse tempo com Sabé era exatamente o que ela precisava. Ela o usaria para seguir em frente, equilibrando o velho e o novo. *Seria* como nos velhos tempos. Aprenderiam a ser o espelho uma da outra de novo, algo que não faziam há anos e nunca haviam tentado naquela escala. Passariam tempo juntas e seria fácil e divertido, e teriam seus trabalhos para se manterem ocupadas. Quando tivesse que se separar para Padmé seguir com a missão, teria certeza de que Sabé estaria esperando por ela quando voltasse.

Quando Sabé chegou, Padmé a recebeu com um sorriso. Ela a apresentou para Ellé e Moteé, e elas se sentaram com Dormé, Typho, Mariek e os outros guardas para o jantar ao estilo de Naboo que Padmé havia planejado para receber Sabé de volta. Havia pimentões recheados e coloridos e pães de cinco-folhas, além de uvas da casa do lago mergulhadas em creme de rum. Observando seus amigos comendo, rindo e conversando uns com os outros, Padmé se sentiu feliz.

Ela desejava que Anakin estivesse ali. Era a única coisa que faltava para a noite ser perfeita. Sentia sua falta, e nem mesmo Sabé conseguiria fazê-la sentir-se melhor. Era estranho, amar tanto duas pessoas, de maneiras tão diferentes. Ela não entendia direito, e não sabia como fazer tudo aquilo funcionar.

Algum dia, ela encontraria um jeito para juntar essas duas metades de sua vida. Algum dia, ela faria os lados político e pessoal mais coesos. Algum dia, ela não os manteria tão divididos. Algum dia, Anakin também se sentaria à sua mesa. Havia uma guerra acontecendo, e eles estavam sempre correndo perigo, mas não havia razão para não se planejar para um futuro otimista, onde cada pessoa que ela trouxera para sua vida estaria tão feliz quanto todas as outras.

CAPÍTULO 11

A viagem para Karlinus sempre era longa o bastante para ser relaxante. Era curta demais para trabalhar, então Saché sempre usava o tempo para ouvir música e pensar. Se fosse mais curta, ela acharia difícil se perder em seus pensamentos. Se fosse mais longa, insistiria em usar o tempo de modo produtivo. Não, a viagem era perfeita, e ela sempre chegava se sentindo renovada, mesmo quando usava o transporte público, como fazia agora.

Ao seu lado, Tepoh, a pessoa recém-designada para auxiliá-la, folheava um guia de Karlini. Já havia viajado para fora de Naboo antes, mas nunca tinha visitado Karlinus. A curva de aprendizado era íngreme para aquele tipo de missão diplomática, mas Saché sabia que qualquer um que viesse recomendado por Dormé estava à altura do trabalho. Quando se conheceram, Tepoh usava uma saia verde esvoaçante, mas hoje vestia calça azul-escuro e um blazer prateado com bordados combinando.

— O que fez você querer ser uma dama de companhia? — Saché havia perguntado na entrevista.

— Eu não queria, não necessariamente — respondeu. — Quer dizer, eu não sabia que era uma possibilidade. Mas quando me recomendaram para a posição, eu admito que me causou curiosidade o bastante para aceitar a entrevista.

— Alguém do escritório da Senadora fica sempre de olho em todos no corpo diplomático — declarou Saché. — Se as qualidades se destacam, ela recebe uma notificação.

— Eu não me referia às minhas qualidades, milady — disse Tepoh. — Na época, achei que eles apenas procuravam por garotas.

Isso fez Saché pensar um pouco. Elas *vinham* mesmo procurando por garotas quando Saché foi contratada. Mas se alguém estivesse disposto a desempenhar o papel, realmente não importava com qual gênero essa pessoa se identificava. Seria um trabalho, um disfarce. Quem ela era fora do capuz havia mudado com os anos, mas ela sempre tinha sido Saché, mesmo quando servia à rainha.

— Quando a rainha era mais jovem, era importante que suas damas de companhia fossem semelhantes a ela na aparência — explicou Saché. — Isso mudou com o passar dos anos. A semelhança física já não é mais a principal qualidade. Eu acho que você teria sido uma excelente dama de companhia, e fico contente por ter escolhido se juntar a mim.

— Eu também fiquei contente — disse. — Às vezes, eu acordo e quero ser percebide como mulher em algum grau, mas às vezes não.

— Bom — falou Saché. — Nós nos vestíamos daquela maneira para desaparecermos à vista de todos. Talvez a Senadora Amidala quisesse que você desaparecesse de outras formas que fizessem mais sentido para a sua personagem. Ela nunca me pediu para fazer nada contra a minha, por exemplo, mesmo quando éramos jovens e ainda estávamos nos conhecendo.

Tepoh fez uma pausa para considerar aquilo e sorriu.

— Acho que eu teria gostado — disse. — Talvez eles me deixassem vestir um uniforme da guarda às vezes. Aqueles uniformes são muito bonitos. Mas acho que serei mais feliz com você. Precisei de um tempo para me descobrir, e acho que vou servir Naboo melhor assim. Eu gosto de ser quem sou.

— Eu tinha apenas doze anos quando o Capitão Panás me recrutou — Saché contou. Às vezes, aqueles dez anos pareciam uma vida inteira. Ela tinha mudado muito desde então. — Naquela época, fazer parte da equipe da rainha era tudo que eu queria. Fiquei triste quando tive que deixá-la, quando seus mandatos acabaram, embora eu tivesse acabado de vencer minha própria eleição. Mas agora acho que você tem razão. Há muito valor em ser quem se é. Nem todo mundo nasceu para viver na sombra de alguém.

Tepoh sorriu.

Karlinus crescia cada vez mais na janela. Suas águas tinham um tom de azul diferente de Naboo, mas era tão verdejante quanto. O planeta era um pouco mais quente e muito mais úmido, o que significava que grandes partes podiam ser usadas para cultivar o chá e criar os bichos-da-seda pelos quais Karlinus era conhecido. Também havia bastante espaço para os campos de grãos. Karlinus era, entre todos os planetas do setor Chommell, o mais próximo de ser autossuficiente. Até mesmo Naboo precisava receber trabalhadores de fora, enquanto Karlinus podia sustentar a si mesmo se precisasse.

Saché não esperava que a Governadora Kelma as recebesse na plataforma espacial pública e, de fato, ela não foi, mas Saché ficou agradavelmente surpresa ao ver a pessoa que *foi* até lá.

— Harli Jafan! — disse ela, estendendo a mão. — Faz muito tempo que não vejo você!

— Seu nome é Saché, certo? — falou Harli. — Perdão, eu sempre confundo todas vocês.

— Isso é totalmente compreensível — respondeu Saché. — Nós nos esforçamos muito para conseguir isso.

— Eu tenho certeza de que já tentei beijar a pessoa errada entre vocês — comentou Harli. — E por eu ser uma adolescente, eu reagi mal àquela rejeição.

Saché lembrava muito bem daquele incidente e estremeceu.

— Já são águas passadas — Harli assegurou. — E quem está com você?

— Tepoh, recém-contratade para me auxiliar — apresentou Saché. — Elu nunca esteve em Karlinus antes, mas tenho altas expectativas.

— É um prazer — disse Harli, apertando a mão de Tepoh. — Qualquer coisa que ela tenha falado sobre eu ser uma má influência, não é verdade.

— Ah, então foi outra pessoa que arranjou para sairmos escondidas do palácio de Theed para ver aquele show? — disse Saché. — Eu tive a noite mais embaraçosa da minha vida por causa daquela travessura. Tenho certeza de que lembro muito bem de quem teve aquela ideia.

— Ei, eu só tinha os ingressos. — Harli riu. Tepoh ficou olhando para as duas com uma expressão chocada. — Foram vocês que conseguiram sair escondidas do palácio.

— Isso é verdade — reconheceu Saché. Já fazia muito tempo que ela não pensava naquela noite. Olhando agora, até que havia sido engraçado. A expressão no rosto de Panás quando percebeu o que tinha acontecido!

— Acho que estamos deixando Tepoh com vergonha — disse Harli. — Todo mundo sabe que a Rainha Amidala *nunca* faria uma coisa dessas.

Saché riu, e isso não tranquilizou Tepoh nem um pouco. Saché então apanhou sua mala de viagem.

Harli as conduziu até o transporte e elas seguiram para a casa da governadora, onde ficariam hospedadas. Harli também estava hospedada lá, é claro. Tecnicamente, estava muito acima de Saché em termos de autoridade, já que era a herdeira da família que governava seu planeta, mas os Jafan nunca agiam muito formalmente, a menos que precisassem de algo.

As ruas da Cidade de Karlini eram largas avenidas, com muito espaço para veículos e tráfego de pedestres. Os edifícios eram revestidos com painéis de metal, que refletiam o calor do sol e mantinham os interiores mais frescos. O visual em geral era ofuscante demais, com a luz refletindo nos prédios. Saché não conseguia olhar diretamente para nada e tentou se lembrar se tinha trazido óculos escuros ou algo assim. Jurava que não se lembrava de tanta claridade na última vez em que estivera ali. Ao menos a rua na frente delas era fácil de enxergar.

Tepoh olhava para tudo. Não parecia se importar com a claridade e observava os edifícios, lojas e infraestrutura ao nível da rua com igual nível de interesse. Saché estava feliz com sua vida em geral; mas, naquele momento, sentiu saudades de viajar para novos mundos e conhecer novos lugares.

A casa da governadora não tinha revestimento metálico, foi construída com um estilo mais antigo. Sua arquitetura era bastante semelhante à de Naboo à primeira vista, cheia de curvas e domos suaves. Olhando de perto, entretanto, as diferenças ficavam imediatamente aparentes. A rocha nativa de Karlinus era menos densa do que o granito usado em Naboo, então podiam construir seus edifícios com diferentes formas sem o mesmo apoio externo de contrafortes. Havia uma delicadeza na arquitetura de Karlini que Naboo só conseguia atingir trapaceando com tecnologia.

E então, é claro, havia a seda. Todas as janelas tinham cortinas de todas as cores imagináveis, e havia bandeiras forrando o teto. A combinação de seda gentilmente soprada pelo vento e rocha sólida dava à casa uma sensação etérea, como se coisas reais e não reais se unissem para mantê-la de pé. O efeito era maravilhoso.

A Governadora Kelma esperava por elas no topo da escadaria. Também estava uma década mais velha, mas sua pele de tom marrom-dourado ainda não revelava linhas do tempo, e seu longo cabelo ainda era tão preto e volumoso como sempre. Ela sorriu quando o grupo se aproximou.

— Representante Saché, é muito bom vê-la de novo — declarou a governadora. — Bem-vinda a Karlinus e à minha casa. E bem-vinda você também, minha jovem. Como devo chamá-la?

— Meu nome é Tepoh — disse, claramente em choque pela abordagem. Afinal de contas, era seu primeiro dia de trabalho. — Estou assessorando a representante.

— Tepoh é a nova adição para minha equipe — Saché explicou —, mas, honestamente, não sei como eu me virava sem sua ajuda antes. A própria viagem até aqui foi muito mais organizada e minha mala já estava arrumada antes mesmo de eu saber que faríamos a viagem.

Aquilo foi um leve exagero, mas Tepoh ficou lisonjeade mesmo assim.

— Por favor, entrem — Kelma disse. — Vou pedir para minha equipe levar suas malas para os quartos, mas, se não se importarem, eu gostaria de ir direto ao trabalho. Já pedi que trouxessem comida para nós.

— É claro — falou Saché. — Também quero resolver tudo o mais rápido possível. Tepoh, você poderia pegar meu…

Ela se virou e encontrou Tepoh segurando o dispositivo oficial de gravação legislativa que estava prestes a pedir, junto com seu datapad pessoal.

— Está vendo? — ela disse a Tepoh. — Exatamente o que eu falei.

Elas seguiram a governadora pelos largos corredores da parte pública de sua casa. Saché sabia que existia um salão de baile e uma grande biblioteca — que abrigava em sua maior parte documentos públicos —, assim como um centro recreacional e um teatro. Também havia várias salas de reunião, e o grupo foi conduzido para a maior delas. Felizmente, a sala não estava cheia. Ao que parecia, a governadora queria manter aquelas conversas entre poucas pessoas. Mas aquele era o lugar mais seguro na casa pública. Uma mesa foi preparada com dez lugares. Harli trazia uma equipe com ela, claro, e Kelma também tinha vários assessores. Saché não se sentiu acuada.

Enquanto comiam, a Governadora Kelma delineou as principais preocupações de seu planeta com a velha lei. Nenhuma foi uma surpresa em particular, mas Saché estava mais do que disposta a ouvir sua perspectiva.

— Nós pesquisamos um pouco — começou Kelma. — Acontece que a lei tem sido contestada desde o dia em que foi assinada. Os colonos de Karlini, e os de outros planetas, achavam que os termos eram injustos. Em particular, a parte sobre nunca expirar.

— Jafan, como você pode imaginar, também não está contente com isso — disse Harli. — Algo assim poderia nos quebrar do dia para a noite.

— Estou aqui para me certificar de que a lei nunca seja exercida — declarou Saché. — Não me importo de dizer que acho essa lei terrível e eu nunca votaria a seu favor. Naboo não é autossuficiente, mas não há razão alguma para explorar outro planeta para cobrir nossos próprios pontos fracos em uma crise. Meu objetivo é eliminar a lei por inteiro.

— Mas você precisou vir até aqui — a governadora disse. — Em vez de apenas nos dizer que já está feito.

Saché rangeu os dentes.

— Existe uma facção, pequena, que está sucumbindo a seu medo — ela admitiu. — Eles não querem que a lei desapareça por completo. Eles se lembram do sofrimento durante a Ocupação, e querem evitar que isso aconteça de novo com o decorrer da Guerra Clônica.

— Jafan não permitirá ser explorada — Harli declarou. — E também irá defender outros planetas.

— Não duvido — disse Saché. — Estou aqui para encontrarmos um plano que eu possa levar de volta para meu governo e apresentar como um meio-termo. Acho que eles não se importam com o texto final. Só querem algo para substituir a lei que estamos anulando.

— Não estou gostando muito disso — comentou Kelma.

— Eu também não — disse Saché. — Mas estou escolhendo olhar para isso como uma oportunidade. De tempos em tempos, Naboo tirou vantagem de cada planeta no setor Chommell. Podemos acabar com isso se nos esforçarmos. Podemos sugerir algo que seja tão mutualmente benéfico que o governo de Naboo vai implorar para ser assinado, então vocês estarão protegidos contra nós ao mesmo tempo que poderão desfrutar de nossa produção.

— Eu senti falta desse seu otimismo agressivo — observou Harli. — Sabé também era assim.

— Era uma exigência do trabalho — disse Saché. Ela ergueu a mão e Tepoh entregou seu datapad. — Podemos começar?

CAPÍTULO 12

Coruscant não havia melhorado desde a última vez que Sabé estivera ali. Assim que aterrissaram, ela sentiu o peso opressivo de tanta gente junta, a estranha dicotomia de tanta vida sem nada natural por perto. Tudo em Coruscant era artificial, construído em camadas sobre aquilo que veio antes: apagando, cobrindo, destruindo, tudo em nome de chegar cada vez mais alto. Ela percebeu que Padmé estava feliz, então Sabé se esforçou para abrir um sorriso e acabou genuinamente gostando do jantar de boas-vindas. Foi bom ver a todos de novo, fazer parte de uma grande equipe, mesmo se alguns dos rostos não fossem familiares.

Ellé e Moteé eram, claro, garotas brilhantes com uma grande independência. Não tinham medo de mostrar iniciativa, mas não se gabavam. Sabé entendia isso intimamente. Ellé tinha sido assessora do Governador Bibble, roubada de forma amigável do governo. Moteé era uma recém-formada da academia de política de Theed. Dormé fizera um trabalho excelente as recrutando. Sabé notou que ambas eram mais inclinadas a discutir política do que suas antecessoras. Ela comentou isso com Dormé discretamente no meio do jantar enquanto o novo droide de protocolo de Padmé trocava os talheres.

— Sim — disse Dormé. — Decidimos que um foco no trabalho do Senado era necessário. Agora eu também tenho uma pequena equipe para lidar com o lado mais doméstico da vida da senadora aqui.

Elas se vestem e se parecem com damas de companhia, mas Padmé decidiu separar um pouco sua equipe doméstica daqui para frente.

Fazia sentido. O velho sistema do disfarce da rainha havia sido todo pensado para desviar a atenção. Padmé o havia mudado quando se tornara senadora, e fazia sentido mudar de novo com a alteração de suas necessidades. No entanto, dificultava o trabalho de Sabé. Ela precisava aprender um novo sistema que não havia sido criado para uma dublê, então teria que ser uma dublê sem os truques de maquiagem e roupas que elas costumavam usar. Sua pele marcada pelo sol e pelo vento era o menor de seus problemas. Conforme ela e Padmé foram ganhando idade, as duas se tornaram mais fisicamente distintas. Felizmente, Dormé era incrivelmente talentosa como maquiadora.

Sabé também percebeu que o novo sistema permitiria a Padmé separar seu trabalho de sua vida particular. Antes, ela vivia e respirava política o tempo todo, com suas damas de companhia sempre prontas para ajudá-la. Agora, com Dormé como único ponto em comum, ela podia deixar o trabalho no edifício do Senado tanto quanto quisesse. Era uma liberdade que Padmé nunca havia buscado antes, e Sabé só podia imaginar o que tinha mudado.

Porque ela *havia* mudado. Isso era certeza. O sorriso de Padmé brilhava um pouco demais, e seus olhos prestavam ainda mais atenção às conversas ao redor da mesa. Sabé conhecia o rosto de Padmé tão bem quanto o seu próprio, e ela percebeu que, por alguma razão, Padmé estava representando um papel naquela noite. Não era algo que ela geralmente fizesse entre amigos. Talvez tivesse algo a ver com a missão que Bail havia entregado a ela. De qualquer maneira, Sabé não perguntaria. Padmé contaria, se ela precisasse saber, e elas incorporariam isso no disfarce, assim como sempre faziam.

Seus olhos se cruzaram durante a sobremesa, e a máscara de Padmé caiu por um momento quando sorriu. Era bom estar de volta em casa.

Padmé precisou de três dias para separar tempo suficiente para informar Sabé de tudo. Ela queria fazer isso em particular, e já que todo o processo era clandestino, não podia se ausentar de seus compromissos já agendados. Havia dias longos no Senado e noites longas nas reuniões do comitê ou, pior, em festas para angariar apoio. Com Dormé cuidando de seu visual, e Ellé e Moteé para registrar, observar e memorizar tudo, Padmé conseguiu planejar sua missão ao mesmo tempo que fingia que tudo estava normal. Mesmo assim, sua distração significava que a maior parte do trabalho físico ficava com o Capitão Typho.

— Você é perturbadoramente boa nisso — Typho disse quando Sabé entregou as identificações falsas para ele e para a senadora.

— Você aprende certas coisas quando está tentando combater traficantes — Sabé respondeu. Ela piscou para ele. Typho não fazia ideia.

Quando não estava ajudando Typho, Sabé estava sempre ocupada. Ela aprendeu como funcionavam os dois aspectos da nova vida de Padmé, tomando o lugar de uma das damas de companhia dentro de casa e acompanhando a senadora até o trabalho. Passava horas com Dormé, decorando rostos, nomes e afiliações. Até havia falado com o Senador Organa duas vezes. Ambas as ligações foram inócuas, uma para dar as boas-vindas a Coruscant e uma para perguntar quantas pessoas a Senadora Amidala levaria para um jantar.

Às vezes, ela queria arrancar seus cabelos. Em Tatooine, Tonra estava perto de uma grande operação, e ela estava presa ali, contando quantos convidados para um jantar. Sabia que as tarefas de Padmé eram importantes, mas era estranho voltar para o trabalho senatorial quando tinha acabado de se acostumar com seu lugar em Tatooine.

Finalmente, no terceiro dia, Padmé chegou em casa vinda do Senado, sem planos para o restante da noite, e decidiu ir dormir mais cedo. Ela dispensou a todos, menos Sabé, e as duas se acomodaram para uma conversa.

— Você está muito mais popular do que era quando eu estava aqui. — Sabé tinha um pente em uma das mãos e cuidadosamente desatava as mechas deixadas pelas várias presilhas no cabelo de Padmé, tentando preservar seus cachos. — Ainda não li nenhuma fofoca maldosa sobre você nesses três dias.

— Ainda bem — disse Padmé. — Mas as notícias hoje em dia falam apenas da guerra. Eu quase queria que meus supostos escândalos fossem a única coisa falada no noticiário.

Ela relaxou na cadeira enquanto as cuidadosas mãos de Sabé desatavam seu cabelo. Talvez, depois de tudo aquilo, ela mudaria para estilos mais simples. Ou, no mínimo, desistiria dos ornamentos de cabeça.

— Eu gostei do novo jornalista — falou Sabé. — Sua voz é tranquila, mesmo com as manchetes sendo todas sensacionalistas. Sei que parte disso é propaganda, mas ele parece consistente.

Ela começou a trançar o cabelo de Padmé. Não era fácil encontrar um penteado prático que Padmé pudesse fazer sozinha e que coubesse dentro de um capacete de voo, então elas estavam praticando. Aproveitando os momentos livres. Realmente era como nos velhos tempos.

— Prender as tranças em uma coroa seria mais fácil, mas não caberia dentro de um capacete — Padmé resmungou. — Talvez seja melhor cortar?

— Dormé me mataria — disse Sabé. — Me dê cinco minutos e, se ficar ruim demais, nós enviamos uma mensagem para Rabé.

— Eu nem sonharia em interromper uma importante musicista para pedir conselhos sobre meu penteado. — Padmé riu.

Sabé começou a trabalhar na segunda trança.

— Eu já juntei bastante informação sobre a missão — informou ela. — Enfim, entre aquilo que você pôde me dizer e aquilo que o Senador Organa não perguntou.

— Eu ainda queria contar o plano inteiro para você — falou Padmé. — Sem interrupções, se possível.

— Eu agradeço — disse Sabé. — Apesar de termos treinado espionagem juntas.

— Existem várias novas corporações que estão enviando suprimentos e atendendo às necessidades para a zona de guerra, principalmente na Orla Média — contou Padmé. — Muitas delas são apenas comerciantes normais que se ajustaram quando a guerra estourou, mas tudo aconteceu tão rápido que ninguém realmente sabe quem está trabalhando para quem.

— Você quer dizer que suspeita de que alguns deles estão fazendo jogo duplo? — Sabé perguntou. — Vendendo para os dois lados e lucrando com isso?

— Isso é basicamente inevitável. — Padmé fechou o rosto. — Não podemos impedir ou controlar nada disso, mas queremos direcionar os contratos para pessoas em quem confiamos.

Sabé prendeu a segunda trança e começou a terceira.

— E as armas? — perguntou. — E o tráfico?

— Também tem isso, é claro — disse Padmé. — O Senador Organa acha que eventualmente teremos que conduzir uma investigação oficial. Só não temos tempo para fazer isso agora, porque estamos tentando reunir todos os outros.

O comunicador pessoal de Padmé vinha piscando sem parar desde que a senadora se sentara, e ela o ignorava com determinação. Ela teria que voltar ao trabalho eventualmente, mas quando dizia nada de interrupções, falava sério.

— E então, nós recebemos, por falta de um termo melhor, um convite — disse Padmé. — Os Jedi receberam uma informação sobre uma das corporações que queriam se encontrar com um senador, mas em particular. É uma oportunidade boa demais para ver de perto como funciona nossa cadeia de suprimentos de um modo tão direto, mas ainda precisamos de muita discrição fazendo isso.

— E é aí que nós entramos — falou Sabé. — Como você sabe que a informação é boa?

— Não sabemos — confessou Padmé. — Mas é uma boa pista, e o Capitão Typho vai preparar uma nave para nós e deixar o mais segura possível. A nave era de um fornecedor independente que fazia transportes médicos de curta distância, mas agora foi convertida para transportar suprimentos médicos, e eles trabalham de modo particular para a corporação.

— Só estou imaginando a úlcera que Quarsh Panás sentiria agora — disse Sabé. Ela achava estranho ele não estar por perto.

— Mariek Panás não viu problemas nesse plano — contou Padmé. Se ficou preocupada, ela não demonstrou. — Além disso, o capitão é um Wookiee. Não sei por que, mas eu sempre me sinto segura perto de Wookiees.

Sabé terminou a quarta trança e começou a prendê-las nas espirais que ficavam atrás do pescoço de Padmé. O espaço entre o colarinho de seu traje de voo e a parte de baixo do capacete era o único que elas tinham para trabalhar, então as espirais precisavam ser apertadas. Padmé tocou a tiara de contas que ela costumava usar quando seu cabelo ficava preso para voar. Era o estilo mais fácil, mas não o mais fácil para se fazer sozinha atrás da própria cabeça.

A joia deixada por sua dama de companhia era um frio substituto de sua presença.

— Onde está seu capacete? — Sabé perguntou quando terminou o penteado.

— Dentro do armário — respondeu Padmé. Ela esperou enquanto Sabé foi buscá-lo, depois o experimentou.

— Bom, acho que não vai ficar melhor do que isso — Sabé disse, fazendo alguns ajustes rápidos nas espirais. — Agora tire o capacete e vamos ver se você consegue refazer tudo sozinha.

Padmé queria lhe contar. Realmente queria, mas era tão confortável... Tão familiar. Elas estavam planejando e trabalhando juntas, e Padmé não queria estragar isso com novas informações, principalmente com algo tão volátil. Haveria tempo mais tarde. Sempre haveria tempo para elas duas.

— Você não se cansa nunca disso? — Obi-Wan Kenobi perguntou quando a lâmina de seu sabre de luz desapareceu no cabo. Ao seu redor, o som de combate não diminuiu. Havia várias lutas por perto, e o cheiro de ozônio queimado indicava que as batalhas aéreas também continuavam.

— Por que me cansaria? — Anakin estava cercado pelo metal derretido de vários droides de combate desmembrados caídos no chão.

Não era o primeiro encontro deles com as forças Separatistas naquele planeta. Não era nem o primeiro encontro naquele dia. Ainda assim, Anakin saltou direto todas as vezes para o meio do combate, o sabre de luz ativado e seus movimentos mortalmente precisos. Obi-Wan o seguia, mas não tinha o mesmo entusiasmo que seu Padawan parecia sentir. Talvez eles entrassem em algum tipo de equilíbrio. Seus soldados clones estavam terminando seus próprios combates a alguns metros dali. Combinar as táticas ainda era um trabalho em andamento.

— Você podia ao menos parecer menos alegre fazendo isso — Obi-Wan sugeriu.

— Estamos fazendo nosso trabalho, Mestre — justificou Anakin. — Estamos ajudando as pessoas que precisam e restaurando a justiça e a ordem. Como não gostar disso?

Quatro clones não se levantaram. Isso escureceu a expressão no rosto de Anakin. Um quinto soldado aproximou-se de seus companheiros caídos. Ela tirou o capacete, suas longas tranças escuras caindo pelos ombros. Anakin observou enquanto ela colocava a mão de cada soldado sobre o peito.

— Podemos recolher os corpos quando voltarmos — falou ele.

— Obrigada, senhor — disse ela. — Deixamos os capacetes de nossos irmãos onde eles caem.

Anakin continuou observando quando ela apanhou cada capacete e os alinhou sob uma árvore próxima. Não era o melhor dos monumentos, mas era melhor do que nada. A armadura dos clones levava muito tempo para se decompor. Qualquer um que passasse por ali nas próximas décadas saberia.

— Qual é o seu nome, soldado?

— Irmã — respondeu ela. — É assim que meus irmãos dizem a todos que eu pertenço a essa família.

— Fazer parte de algo é importante — observou Anakin. Ele sabia disso melhor do que ninguém.

— Eu tinha medo, antes de deixar Kamino — contou a Irmã. — Não sabemos exatamente o que acontece com clones incomuns. Mas meus irmãos nunca me deixaram duvidar. Eu não sabia se os Jedi entenderiam.

— Os Jedi sempre buscam a transcendência — disse Anakin. — Acho que não podemos reclamar se você transcendeu os gêneros.

— Transcender os gêneros — ponderou a Irmã. — Podemos melhorar isso, mas gostei de como você está pensando.

Anakin riu. Ele gostava dos clones, de todos eles. Os clones estavam rapidamente desenvolvendo individualidade, e isso deixava Anakin mais confortável ao lutar ao seu lado. Anakin entendia os droides, e sabia melhor do que ninguém como trabalhar com eles, mas preferia pessoas agora que estava em uma posição onde podia protegê-los. Além disso, eles eram muito mais divertidos do que os Jedi, e sua visão da vida — e da guerra — combinava muito mais com a sua própria.

— Vamos voltar antes que o General Kenobi pense que nós desertamos — disse ele.

Obi-Wan tinha se afastado para conversar com o Comandante Cody, R2-D2 seguindo logo atrás. O droide não parecia se importar com o terreno rochoso, movendo-se lentamente, mas com determinação.

— Eu gostaria que tivéssemos mais cobertura — Obi-Wan comentou, olhando para a planície rochosa e desejando mais rochedos do tamanho de banthas. — Odeio perder soldados desse jeito.

Cody concordou. A produção de clones continuava agora que a guerra estava em pleno curso. A República precisava de mais tropas. A República também precisava, na opinião de Obi-Wan, de mais generais, mas ninguém perguntou a ele. No mínimo, ele podia dizer ao Conselho Jedi que Anakin estava pronto para os testes. Ainda ficariam juntos o máximo possível se Obi-Wan pudesse arranjar isso, mas Anakin teria seus próprios soldados e uma patente mais alta. Não era algo que acontecia sempre, mas aquelas eram circunstâncias pouco comuns, e Obi-Wan tinha certeza de que Anakin estava à altura do desafio.

O Comandante Cody enviou um aviso no canal de comunicação seguro: mais droides Separatistas se aproximavam. Obi-Wan observou quando Anakin ergueu um dos enormes rochedos. Um dos soldados de Cody lhe deu cobertura. Anakin lançou a rocha diretamente sobre os inimigos que se aproximavam como seu primeiro ataque. Foi eficaz, apesar de um pouco chamativo.

Teriam uma conversa sobre isso mais tarde.

CAPÍTULO 13

A NAVE QUE O Capitão Typho havia selecionado para a missão era um transporte Wookiee chamado *Namrelllew*. Padmé e Typho deveriam se apresentar a bordo dentro de mais dois dias. Sua função oficial era assegurar a entrega dos suprimentos que a *Namrelllew* levava. Os negociantes a bordo eram experientes viajantes do espaço, mas não tinham o costume de lutar. Portanto, Padmé e Typho seriam responsáveis pela segurança física da tripulação e da carga, enquanto a tripulação ficaria encarregada das operações. Padmé podia facilmente imaginar a expressão do Capitão Panás diante da ideia de que eles ficariam à mercê de seres desconhecidos para chegarem a seu destino com segurança. Mas ela agora estava mais velha, e mais experiente, e sabia como se precaver sem a supervisão dele.

Padmé selecionou seu uniforme de piloto de Naboo para a viagem. A estampa não era particularmente conhecida e ficaria ainda menos reconhecível depois de tirar todos os elementos específicos de Naboo. Ela passou uma noite trabalhando na calça de couro e túnica, deixando o tecido parecendo mais gasto sem comprometer sua resistência. Typho ficou bastante satisfeito em não usar o chapéu de seu uniforme, também escolhendo o traje de piloto de Naboo modificado. Podiam usar capacetes para o improvável caso de se depararem com alguém que pudesse reconhecer seus rostos, e teriam um comlink seguro apenas para os dois. Padmé fez um grande esforço tentando não pensar no que havia acontecido na última vez que ela e Typho vestiram aqueles disfarces. Ao menos agora estava apenas colocando Typho em risco, e mais ninguém.

Intencionalmente, ela não usou C-3PO para contatar Anakin. Considerou bastante, tentando criar um código e até rascunhando algumas mensagens, mas no fim achou melhor não. Sim, ele era seu marido, mas ela era uma senadora, e aquele era seu trabalho. A missão era secreta e, estritamente falando, ele não precisava saber. A única razão para ela lhe contar era o casamento, e o casamento em si era segredo. Ela o trataria como se eles não fossem nada um para o outro. Não era uma decisão fácil, e ela tinha certeza de que não seria a última vez que precisaria escolher. Sabia que ele entenderia. Ele também teria que manter segredo sobre as missões dos Jedi, e ela compreendia isso perfeitamente.

Equilibrar o novo casamento com seu trabalho era mais difícil do que ela esperava. Ela não tinha muito tempo para estabelecer novos hábitos, portanto, era mais fácil manter tudo em segredo. Assim que começasse a explicar as coisas — para Anakin ou para Sabé —, ela sentia que nunca pararia. Padmé não tinha tempo para isso agora, então optou por segurar tudo. Depois da missão, certamente, as coisas ficariam mais tranquilas por tempo suficiente para ela contar alguns detalhes para Anakin sobre seus procedimentos e contar a Sabé sobre suas boas notícias.

Não gostava de manter segredos das pessoas que amava, é claro, mas agora esse era o caminho mais fácil. A guerra não podia durar por muito tempo. A República ajudaria os planetas Separatistas a entender que pessoas como a Federação de Comércio não tinham seu melhor interesse em mente, e então o conflito se encerraria. Havia muitas pessoas boas trabalhando em soluções, muitas pessoas boas querendo a paz, para que a guerra se arrastasse por muito tempo. Ela era uma idealista, e não mudaria isso agora. O artista Kharl estava certo: estava na hora de levar um pouco de Naboo para o restante da galáxia.

Na noite anterior ao embarque, a Senadora Amidala foi ao teatro assistir à ópera com o Senador Organa. Ela levou duas damas de companhia, ambas encapuzadas em tons discretos de verde e vermelho. A senadora usava um vestido de um verde profundo, bordado com destaques verde-claros que entrelaçavam vinhas de alguma planta imaginária. A longa saia era pesada, apoiada por baixo por uma anágua à prova de tiros de blaster. O corpete era um pouco menos formal do que aquilo que ela geralmente usava no plenário do Senado, deixando o topo de seus ombros expostos, embora o peitilho chegasse quase na base do pescoço. Seu cabelo estava solto, mas trançado entre as mechas havia as mesmas vinhas do vestido, fazendo parecer que todas estavam unidas na raiz.

A senadora conversou com todos com sua graciosidade e entusiasmo de sempre, não deixando ninguém lhe dar respostas fáceis, embora estivessem reunidos para uma noite de apreciação das artes. Qualquer pessoa que esperasse ter alguma dica sobre os procedimentos do Senado se decepcionou, e qualquer pessoa para quem ela pedia uma atualização sobre a guerra dava uma resposta completa. Ela não tinha um fio de cabelo ou pingo de maquiagem fora do lugar, era o perfeito símbolo de tudo aquilo que a República podia ser se todos lutassem para permanecerem unidos.

Sabé sentiu-se profundamente desconfortável durante todo o tempo, mesmo com Bail ajudando com qualquer apresentação que ela pudesse errar.

Dormé fez um trabalho maravilhoso com a maquiagem. Sabé ainda estava um pouco queimada com o sol de Tatooine, mas cor e contorno transformaram seu rosto na perfeita imagem da Senadora Amidala. Elas acrescentaram apliques em seu cabelo, juntando o novo comprimento com o estilo curto que ela usava atualmente. Aquilo era Sabé em sua essência, se assim desejasse, sempre próxima do coração do poder da galáxia.

Durante o intervalo, várias pessoas que Sabé não conhecia entraram na cabine do Senador Organa para prestarem respeito. Como Amidala, ela foi graciosa e educada, embora um pouco atrapalhada. Quando as luzes começaram a se apagar outra vez, Sabé ficou aliviada, não apenas porque tinha perdido as últimas três temporadas da ópera Alderaaniana e estava contente por voltar a assistir.

— Vai melhorar — Bail sussurrou em seu ouvido. Ela não sabia se ele se referia à ópera ou às manobras políticas. Possivelmente as duas coisas. Ela estava mais sem prática com as sutilezas da política do que imaginava. Ou, mais precisamente, talvez não tivesse mais a tolerância que tinha antes. — Você está fazendo um trabalho excelente.

Sabé estendeu a mão para trás onde as damas de companhia estavam, e Padmé apertou seus dedos. Logo elas estariam longe uma da outra, levadas pela missão, seus deveres e lealdade. Ela confiava em Bail. E confiava na visão de Padmé. Estava até mesmo começando a confiar em Coruscant, por mais que isso a chocasse. Era bom voltar a trabalhar com suas amigas.

Primeiro o vaporizador queimou um fusível, depois a água começou a vazar nas unidades de refrigeração, e *então* seis pilotos de pod apareceram quinze minutos antes do horário do fechamento da cantina. A comédia de erros não estava ajudando o Capitão Tonra a interpretar o papel de Arton Dakellan, mas não tornava impossível manter seu disfarce. Ele fez o que podia para salvar o armazenamento de comida enquanto assegurava ao cozinheiro que tudo daria certo se os pilotos pudessem escolher apenas um cardápio limitado. Ele chegou até a ameaçá-los. Só um pouco.

Quando tudo acabou, Tonra estava tão atrasado quando voltou ao apartamento que apenas parou para jogar uma túnica sobre seu uniforme. Ele tinha planejado trocar totalmente de roupa e também comer alguma coisa, mas tudo que conseguiu fazer foi pegar um saco de ração emergencial e correr para a nave.

Ele finalmente chegou nas coordenadas de embarque, com um atraso de quase uma hora e meia. Ninguém esperava por ele, mas Tonra pousou mesmo assim. Talvez houvesse alguma mensagem.

Assim como todos seus pontos de embarque em Tatooine, aquele era uma duna de areia no meio de um oceano de dunas. Tonra sabia que o planeta possuía rochas e penhascos e esse tipo de coisa, mas por alguma razão ele se encontrava com todos os seus contatos no meio do deserto. Já tinha desistido de limpar suas botas.

Quando desembarcou, um droide esperava por ele na frente da rampa. Ele já tinha encontrado um droide antes. Era um simples modelo humanoide da cintura para cima que se apoiava em esteiras triangulares em vez de pernas. Claramente feito à mão, ou ao menos altamente modificado. Tonra ficou parado enquanto o droide o escaneava, confirmando sua identidade. Então, ele falou:

— Desculpe — disse ele. — Eu não estava conseguindo sair da cidade sem levantar suspeitas e achei que seria... melhor assim.

— Agradecemos a sua discrição — respondeu o droide.

Ele ficou satisfeito ouvindo aquilo. Tonra estava acostumado com a cadeia de comando militar, mas não ter informações suficientes para saber quando podia quebrar um pouco as regras o estava deixando ansioso.

— Será que você poderia me dizer por que nossa janela de tempo é tão apertada? — ele perguntou. — Pode me ajudar a evitar que aconteça de novo.

— Não posso fazer isso — falou o droide. — Por favor, aguarde um momento.

Tonra esperou. Uma figura saiu de trás de uma das dunas e andou em sua direção. Parecia humana, ou ao menos humanoide. Usava um grande capuz — o que não era incomum no deserto — e Tonra nem tentou olhar o rosto mais de perto.

— Arton Dakellan — disse a figura através de um modulador de voz. — Você e sua esposa ainda são novatos em Tatooine.

— Sim, nós somos — confirmou Tonra. Ele não fazia ideia de quanto tempo você precisava morar ali antes de ser considerado um morador local, mas aparentemente precisava ser mais do que o tempo que ele e Sabé haviam passado.

— Você veio aqui para nos ajudar? — a pessoa questionou.

Era uma pergunta estranhamente genérica que podia significar quase qualquer coisa, mas Tonra sabia o que ele queria que significasse, então esta foi a resposta que deu:

— Nós viemos — disse ele. — Sabíamos que era uma possibilidade quando viemos até aqui, e esperávamos ser úteis.

A figura o considerou por um momento e então pareceu chegar a uma conclusão.

— Cada escravo em Tatooine recebeu um implante com um chip. Esse dispositivo tem o poder de matar o escravo instantaneamente se quebrar alguma regra ou tentar fugir. — Tonra assentiu, e a figura continuou. — Temos um dispositivo que nos permite desativar os chips, mas não é garantido. Aquilo que funciona no primeiro chip pode não funcionar mais no décimo.

— A minha carga! — Tonra ficou alarmado. — Eles estão...?

— Eles estão bem — a figura lhe disse. — Precisamos reprogramar o dispositivo antes de fazer outra tentativa, qualquer tentativa. Por acaso você ou sua esposa são slicers?

— Temos algum conhecimento de como invadir sistemas — garantiu Tonra. — E temos acesso a equipamentos muito bons.

A figura não perguntou quais seriam esses recursos. Trabalho clandestino podia ser ao mesmo tempo eletrizante e frustrante, e naquele momento Tonra se encontrava entre os dois. Mas, de novo, ele sabia que era melhor não fazer perguntas. Cruzaram um limite na primeira vez que estiveram em Tatooine, e as portas se fecharam para os dois. Mas agora haviam prometido um para o outro que desta vez fariam tudo com mais calma e deixariam que os habitantes locais os procurassem primeiro.

— Leve isto. — A figura entregou um dispositivo de varredura improvisado e uma sacola que tilintou quando Tonra a sacudiu. — É um de nossos desativadores de chip e alguns chips em branco para testes. Veja se consegue fazer alguma modificação para melhorar o dispositivo.

— Faremos o melhor possível — disse Tonra. Ele observou o dispositivo em sua mão. Era realmente bastante improvisado.

— Você precisava ver o primeiro — a figura comentou. — Era praticamente todo feito com utensílios de cozinha.

— O que importa é funcionar — Tonra afirmou, em voz baixa.

— De fato — a figura disse. — Entraremos em contato, Arton Dakellan.

— Obrigado pela confiança — agradeceu Tonra.

A figura assentiu e desapareceu outra vez atrás da duna. Tonra não ouviu nenhum speeder, mas havia muitas outras maneiras para se cruzar as areias de Tatooine, principalmente se você preferisse a discrição em vez da velocidade.

Ele andou até a nave e checou o cronômetro. Já era tarde em Theed, mas não tarde demais para tentar. Ativou o holoprojetor e esperou, desejando profundamente que Versé ainda estivesse viva. Várias das damas de companhia eram slicers, mas Versé foi indiscutivelmente a melhor.

— Capitão? — A forma familiar da sensação musical Rabé Tonsort apareceu na sua frente.

— Olá, Rabé — ele cumprimentou amigavelmente. — Você tem um momento?

— Sempre tenho tempo para velhos amigos — respondeu ela. — O que você precisa?

— Você está ciente do nosso projeto atual? — ele perguntou.

— Sim — disse ela. — E que você está atualmente operando sozinho.

— Certo — confirmou ele. — Este dispositivo é usado para desprogramar chips, mas os chips possuem um código defensivo autorreplicante. Sempre que é usado, ele funciona apenas mais algumas vezes. Gostaríamos que fosse mais flexível e poderoso.

— Isso aí é uma tesoura de jardinagem? — Rabé apertou os olhos tentando entender o objeto na mão de Tonra.

— Possivelmente — falou ele. — Eles usam qualquer coisa disponível para os aspectos mecânicos, e isso ajuda a disfarçar aquilo que estão fazendo. O problema é o lado técnico.

— Envie as especificações e verei o que posso fazer — afirmou Rabé.

— Obrigado — disse Tonra. — Eu sei que você já está cheia de trabalho para fazer.

— Imagina. O dia em que eu não puder me preparar para um show gigantesco enquanto, ao mesmo tempo, eu desprogramo um dispositivo será o dia em que eu me aposento. Diga oi para Sabé por mim quando ela voltar. Diga a ela que eu a amo.

— Tenho certeza de que ela diria o mesmo para você — assegurou Tonra, depois desligou a chamada.

Sem a luz azul do holograma de Rabé, o compartimento de cargas ficou repentinamente muito escuro, então Tonra subiu até a cabine de voo, onde a luz da lua iluminava através da janela. Ele examinou o dispositivo em sua mão outra vez. Era realmente brilhante. Simples e basicamente eficaz. Fácil de esconder. Se conseguisse incrementá-lo, mesmo que só um pouco, faria muita diferença. E foi por isso que eles voltaram para Tatooine. Era aquilo que desejavam realizar. Era assim que fariam da galáxia um lugar melhor.

Agora, só faltava Sabé.

CAPÍTULO 14

O PRIMEIRO DIA DE reuniões em Karlinus não foi tão produtivo quanto Saché esperava, mas ela não ficou totalmente surpresa. Trabalhava na política há muito tempo e sabia exatamente o tipo de líder que Harli Jafan era. Além disso, sua principal missão no momento era descobrir os fatos, então realmente não foi um problema sentar-se para ouvir pacientemente enquanto os líderes do setor Chommell ventilavam suas queixas. Era apenas frustrante.

Ao menos a Governadora Kelma não passou a tarde inteira gritando com ela. Harli era passional e impetuosa, e tinha apenas um volume quando falava em público. Estava determinada a não deixar que seu planeta fosse explorado de novo. Ouvindo os detalhes sobre aquilo que Naboo havia tomado para si sob o contrato existente, Saché podia entender a irritação. A abordagem de Kelma foi um pouco mais plácida, mas igualmente condenatória. Não havia como negar: a legislação atual favorecia Naboo ao extremo, e teria que mudar assim que possível, ou o conflito poderia tomar conta do setor.

Eles fizeram uma pausa para o jantar quando Kelma decidiu que já tinham lavado bastante roupa suja para aquele dia.

— Vou lhe dar uma ideia da resposta que suas emendas receberão — ela disse para Saché quando se levantou. — Qualquer coisa que não seja a completa remoção vai ser recebido com uma considerável ira.

— Eu entendo — falou Saché. — Obrigada por me dar um tempo extra para pensar a respeito.

Ao seu lado, Tepoh fazia anotações quase à velocidade da luz em seu datapad. Estava vestindo calças de novo naquele dia, mas a túnica que usava por cima era longa e esvoaçante, caindo quase até os joelhos. Tepoh sempre parecia ter uma quantidade quase infinita de bolsos e conseguia guardar e monitorar todos os seus dispositivos e os de Saché enquanto trabalhavam, liberando Saché para dar total atenção aos outros participantes. Era um sistema muito eficiente. Saché torcia para que não deixasse nunca aquela posição.

— Representante Saché? — Kelma disse, antes que Saché pudesse decidir o que fazer em seguida. — Se não se importa, tenho outra razão para encerrar as conversas de hoje mais cedo. Eu gostaria que você visse uma coisa. Como... amiga da rainha.

— É claro — respondeu Saché. — Tepoh, por que você não volta para nossos aposentos? Você já ficou tempo demais olhando para telas hoje. Descanse um pouco, talvez depois faça um passeio pelos jardins?

Tepoh ainda era inexperiente na política, mas não era inocente, e não se ofendeu com a dispensa abrupta.

— É claro — respondeu, depois saiu da sala.

Harli estava sozinha agora, também dispensando seus assessores. Ela claramente não tinha ideia do que Kelma estava falando e claramente não queria ficar de fora.

— Se você puder me seguir agora... — Kelma pediu, conduzindo o caminho pela casa até a saída dos fundos e seu hangar particular. — Houve duas grandes mudanças na economia de Karlini desde o início da guerra — prosseguiu Kelma. Ela destravou o speeder e elas embarcaram. Saché vestiu um par de óculos de proteção, mas as outras duas mulheres decidiram não usar nada. — Nossa exportação de chá quase dobrou e não está mais sendo enviada para o Núcleo como de costume.

— Quem é o comprador? — Harli perguntou, apertando o cinto de segurança.

— Não tenho certeza — disse Kelma. — As compras são feitas diretamente com os fazendeiros, o que é interessante, porque garante o maior lucro para eles.

— Você não se importa por não ficar com uma parte? — questionou Harli.

— Eles pagam impostos — respondeu Kelma. — E eles ficam satisfeitos com isso. Tudo se equilibra no fim.

Ela engatou a marcha à ré do speeder e elas saíram do hangar e entraram na estrada principal.

— E a sua força de trabalho consegue acompanhar? — Saché perguntou.

Por causa da iniciativa posta em prática quando Amidala era rainha, a quantidade de artistas de Naboo que escolhia ganhar seus créditos iniciais colhendo chá e seda em Karlinus havia diminuído. Sem esse fluxo de trabalhadores, cada vez mais a produção ficava nas mãos de droides. Eles eram competentes, mas sem supervisão orgânica, a delicadeza do chá e da seda poderia ser afetada.

— Essa seria a segunda mudança — disse Kelma. — Também estamos recebendo um novo fluxo de trabalhadores.

— De onde eles são? — Saché perguntou, depois se corrigiu. — Desculpe, sei que a sua política de imigração não funciona assim.

Karlinus aceitava todos que chegavam para trabalhar como cidadãos imediatamente, então não mantinham registros sobre o lugar de onde as pessoas vinham.

— Está tudo bem — falou Kelma. Elas passaram pelos portões da cidade e entraram na zona rural. Kelma virou para o leste e acelerou. — Houve conversas sobre mudar o processo de entrada apenas por razões estocásticas, mas está demorando um pouco porque a maior parte da legislatura pensa que isso seria uma violação da privacidade.

— Alguém chegou a pedir? — ironizou Harli.

— Não — Kelma respondeu. — É meu primeiro dia governando o planeta.

Harli riu.

— São famílias em sua maioria — disse Kelma. — Nem sempre da mesma espécie, mas tendem a chegar em grupos. São tímidos. Eles têm medo do governo. E ficam profundamente surpresos com o tamanho do salário.

— Eles foram escravizados — observou Saché. — E agora estão livres.

— Essa é a minha hipótese — falou Kelma. — Evitei fazer visitas oficiais, mas já que vocês duas estão aqui, eu queria que soubessem.

— É Sabé que está enviando para você? — Saché perguntou.

Os olhos de Harli se arregalaram.

— Não — afirmou Kelma. — Ou ao menos ela não disse nada. Ela não entra em contato desde quando trouxe os primeiros vinte e cinco até aqui, e isso foi uns seis anos atrás?

— Por aí — disse Saché.

— Por que a Sabé está envolvida nisso? — Harli perguntou.

— Começou como um projeto especial da Senadora Amidala — Saché respondeu. — Ela estava em Tatooine quando Padmé foi eleita para o Senado. Ela precisou deixar o planeta, mas passou um bom tempo lá nos anos seguintes. Disse que já existia um sistema em Tatooine, e que ignorar esse sistema da primeira vez causou problemas para ela; então, desta vez, Sabé disse que faria tudo mais devagar.

O speeder chegou em uma pequena vila no limiar de uma larga planície de plantação de chá. Droides de irrigação flutuavam sobre os campos. Não havia nenhum droide de colheita. Era cedo demais na temporada. As casas eram pequenas, mas bem conservadas, e a maioria tinha pequenos jardins com flores coloridas ou janelas de vidro colorido para que a luz brilhasse no interior como um caleidoscópio. Quando desceram do speeder, uma Rodiana alta se aproximou delas.

— Sabé? — disse ela, surpresa. Uma criança passou por ela correndo na direção de Saché, mas parou de repente quando percebeu seu erro.

— Você não é Sabé — a garotinha falou.

— Não — respondeu Saché. — Meu nome é Saché. Sabé é uma das minhas melhores amigas.

— Ok, isso é bom — disse a criança. Ela voltou para sua mãe.

— Saché também é casada com Yané — acrescentou Kelma gentilmente. — Uma das pessoas que ajudaram vocês a se estabelecerem aqui.

— Ah, eu me lembro dela — afirmou a Rodiana. — Ela era maravilhosa.

— Sim, eu também gosto muito dela — falou Saché, sorrindo.

— Meu nome é Harli, se alguém estiver interessada — disse Harli. Então, lembrou-se de que tinha educação. — Sua vila é adorável.

— Obrigada — agradeceu a Rodiana. — Meu nome é Xeebi e moro aqui há seis anos. Imagino que vocês estejam aqui por causa dos recém-chegados?

— De maneira não oficial, é claro — observou Kelma. — Você sabe melhor do que ninguém que Amidala tem um interesse pessoal nas pessoas daqui e, apesar de agora ser a senadora de Naboo, ela considera vocês como sua responsabilidade.

— Nesse caso, fico feliz em convidá-las para minha casa — prosseguiu Xeebi. — Mas, claro, meus vizinhos decidirão o que querem compartilhar ou não com vocês.

— Eu entendo — disse Saché. — Obrigada por nos receber.

Saché desejava que Tepoh a tivesse acompanhado, ou que pelo menos ela pudesse fazer anotações abertamente. Mas seria rude, sem mencionar que seria uma profunda intromissão, então tentou memorizar cada nome, rosto e situação.

Os novos cidadãos de Karlini vinham de toda parte. Não havia um ponto em comum que Saché pudesse determinar, exceto que todos haviam sido escravizados na Orla Exterior e agora estavam livres em Karlinus. Ela tentou memorizar o nome dos planetas, ou pelo menos os sistemas, enquanto ouvia cada pessoa contar sua história. Alguns foram comprados e depois imediatamente libertados por pessoas desconhecidas. Outros foram "sequestrados". E havia aqueles que tinham conseguido escapar sozinhos e acabaram juntos com os recém-libertados por acaso. Todos haviam chegado em transportes civis normais.

— Estávamos apreensivos, a princípio, é claro — disse um Mon Calamari macho. — Este planeta é obviamente um centro de produção, mas Xeebi e os outros nos ajudaram a entender que estamos aqui apenas se quisermos ficar aqui, e que podemos receber nossos créditos e seguir para onde desejarmos.

— Vocês são cidadãos — lembrou Kelma com firmeza.

— Leva um tempo para se acostumar — justificou Xeebi.

— Não sei exatamente como vocês sofreram — disse Saché. Ela baixou o colarinho de sua túnica, revelando mais das cicatrizes que cobriam seu corpo inteiro. — Mas posso entender um pouco, eu acho. Eu ainda tenho pesadelos. Sei que não é fácil simplesmente seguir em frente.

O Mon Calamari assentiu e bebeu seu chá.

— Acho que já entendi — falou Tepoh, algumas horas mais tarde, depois de traçar cada planeta e nome que Saché conseguia se lembrar em um mapa galáctico.

— Bom, já acabou o caf, então você chegou na hora certa — disse Saché. Ela já estava ficando trêmula, mas sabia que não dormiria bem sem resolver aquele enigma.

Já era quase meia-noite e estavam trabalhando desde que Saché voltara para a cidade.

— Esse é o esquema — Tepoh continuou. Então projetou o mapa sobre a mesa onde trabalhava para que flutuasse no ar em três dimensões. — Ou pelo menos uma parte.

— Você tem razão — Saché elogiou. — Todos esses planetas tiveram incursões dos Separatistas e uma resposta do Exército da República. O ponto em comum é que são planetas da Orla Exterior onde os Separatistas tentaram estabelecer uma posição, lugares onde a lei da República não alcança.

— Mas as corporações de suprimentos alcançam — falou Tepoh. — Não as maiores. Essas focam na Orla Média e no Núcleo. Mas as empresas menores, aquelas que eram apenas comerciantes e tiveram que se adaptar para a guerra. Elas não têm a mesma proteção legislativa, mas continuam tentando lucrar.

— Não existe lucro na libertação de pessoas escravizadas — declarou Saché. — Não em créditos, de qualquer maneira. Moralmente, é maravilhoso, mas é um pouco estranho, você não acha?

— Talvez alguém estivesse esperando por uma oportunidade — Tepoh aventou. — Não estou reclamando, e acho que a Governadora Kelma também não está.

— Eu também não acho nada ruim — disse Saché. — Só estou um pouco perplexa. Isso vai contra... bom, você se lembra da Ocupação. Não estou acostumada a elogiar corporações.

— Elas não podem ser todas ruins — Tepoh falou. — Os Jedi têm uma regra, ou algo assim, sobre equilíbrio.

— Tenho certeza de que não é assim que funciona — disse Saché. — Mas, como você disse, não vou reclamar.

Tepoh bocejou e Saché dispensou para ir dormir. Antes de também se recolher, Saché enviou duas mensagens. A primeira diretamente para Sabé, para avisar que o trabalho que ela iniciara em Tatooine havia continuado, mesmo sem ela saber do escopo. A segunda também foi para Sabé, porém, foi mais formal, para ser compartilhada com Padmé como um assunto de interesse do setor que Sabé também recebia como cortesia.

— Alguém no topo de uma corporação está trabalhando de um modo diferente do esperado para a operação normal de algo como a Federação de Comércio — ela resumiu na mensagem. — Não sei detalhes, mas é algo a ser considerado. Podemos ter um aliado. Ou pode ser uma armadilha. Ou uma coincidência. Mas é incomum, e achei que você pudesse querer verificar se tivesse a chance.

Com a mensagem enviada, Saché mandou mais um rápido holograma para Yané, transmitindo seu amor para as crianças, então foi se sentar no jardim. Ela estava cansada, sim, mas havia muito para se pensar.

CAPÍTULO 15

A *Namrelllew* era uma nave velha; mas, sendo de fabricação e design Wookiee, era muito bem construída. O sistema de filtragem de ar em particular era notadamente superior a qualquer coisa produzida por Naboo. Não havia nenhuma partícula flutuando no ar reciclado, e o ambiente quase sempre parecia fresco. Padmé rapidamente decidiu que essa era a parte favorita de suas novas acomodações.

O restante da nave era curiosamente luxuoso, embora um pouco estranho para humanos. Apesar de terem sido avisados que suas cabines seriam apertadas, a cama de Padmé era comicamente enorme. Ela pôde guardar toda sua mala na extremidade da cama, liberando espaço no chão limitado. O Capitão Typho, que estava na cabine em frente à sua, disse que era maior do que qualquer dormitório em que já estivera, e que os Wookiees é que sabiam das coisas. Os banheiros tinham secadores de ar quente para o corpo inteiro em vez de toalhas, e Padmé precisava de um banquinho para alcançar a parte de trás da pia.

A missão para Hebekrr Menor não seria desconfortável. Ao menos não até a parte da espionagem começar. A *Namrelllew* era muito mais habitável do que o transporte que Padmé e Typho tinham usado para chegar até ali. Eles pararam na estação Kebro para tomar mais passageiros e finalmente desembarcaram no terminal Emoh, onde se encontraram com a nave mercante que seria seu lar durante toda a viagem.

Embora a nave pertencesse a Wookiees, havia apenas dois a bordo. O piloto, Naijoh, e sua esposa, Rayyne, a navegadora. Ambos entendiam o idioma Básico, e o droide de protocolo da nave, uma unidade bípede antiga chamada G-1FY, cuidava do restante. O quarto membro da tripulação permanente era uma engenheira. Padmé não a conheceu no começo da viagem, e depois quase esbarrou nela no dia seguinte no refeitório.

— Ah, desculpe — disse Padmé. Já estava tão acostumada a tomar cuidado com coisas na altura dos Wookiees que tinha esquecido de também olhar para baixo.

— Está tudo bem — assegurou a engenheira. Ela falava o Básico com frases curtas em um tom agudo, mas era fácil de entender. — Você deve ser a nova segurança.

— Sou metade da nova segurança — Padmé respondeu. — Meu parceiro está fazendo o inventário da nossa carga.

— O droide faz isso — comentou a engenheira. — Mas segurança tem que fazer a segurança. Precisa checar antes.

— Algo assim — falou Padmé. A missão era clandestina, afinal de contas. Ambos preferiam que não houvesse surpresas dentro daquelas caixas. — Meu nome é Padmé.

— Idda — disse a engenheira. Ela se virou para olhar a mesa onde a ração da tarde estava servida.

Idda era uma Mriss e raramente deixava a sala de máquinas se não fosse para comer. Era incrivelmente pequena, e Padmé se perguntou como conseguia fazer qualquer coisa naquela nave onde tudo era feito para Wookiees. Sob seu olhar, a diminuta engenheira subiu acrobaticamente sobre a mesa, selecionou a comida que queria, depois graciosamente desceu segurando sua bandeja em uma das mãos e uma lata de suco de meiloorun em seu bico. Vestia um sobretudo que prendia suas asas, possivelmente por uma questão de segurança. O olhar atento de Padmé notou aquilo que parecia uma escotilha de fuga no sobretudo. Os Mriss não voavam, mas usavam suas asas para se equilibrar. Se Idda precisasse das asas, poderia soltá-las rapidamente.

— Almoça comigo? — perguntou Padmé, apontando para uma cadeira vazia.

— Eu como no trabalho — respondeu Idda. Ela inclinou a cabeça para o lado, e Padmé pensou que aquilo era algo como um sorriso para quem não tinha lábios. — A segurança vem junto?

— É claro — disse Padmé. Ainda não havia turnos separados para os seguranças, com exceção de um pedido geral de que um ficasse acordado o tempo todo. Isso significava que Padmé passava bastante tempo sozinha e, embora desejasse a solidão, ela sabia por experiência própria que solidão demais seria insuportável a curto prazo.

Ela apanhou sua comida. Apenas um dos pacotes estava aberto, então foi fácil levar tudo. Em seguida, seguiu a Mriss pela porta do refeitório e atravessou o corredor que levava até a escotilha da sala de máquinas. Idda abriu a escotilha e desceu usando a mesma técnica que havia usado para pegar seu almoço sobre a mesa. Manipular as grandes peças de equipamento não era um problema para ela. Padmé foi um pouco mais atrapalhada, esticando-se entre os degraus da escada e tentando equilibrar a bandeja em sua mão livre.

— A prática leva à perfeição — observou Idda, soltando uma risada de pássaro. Padmé não ficou ofendida; estava muito ciente de que parecia ridícula.

Elas comeram em relativo silêncio. De vez em quando, Idda erguia os olhos, clicava o bico em frustração e desaparecia no meio das máquinas por alguns minutos. Padmé não conseguia detectar nenhum dos problemas que a Mriss podia, mas sempre que Idda voltava, ela tinha uma nova marca de graxa em seu sobretudo e parecia satisfeita consigo mesma.

— Naves Wookiee são como a vida. Pequenos passos — Idda explicou depois da quarta ou quinta interrupção de sua refeição. — Boas, mas dão trabalho.

— Você sempre trabalhou na *Namrelllew?* — perguntou Padmé.

— Não, em nave Mriss primeiro — disse Idda. — Barulhenta demais.

A sala de máquinas era uma cacofonia só, então Padmé pensou que Idda se referia à tripulação, não à nave em si. Ela entendia isso. Às vezes, o Senado era tão barulhento que ela mal conseguia ouvir a si mesma. A nave, ao menos, fazia barulho com um propósito.

Padmé terminou seu almoço e relutantemente se retirou da sala de máquinas. Seu único trabalho, até eles chegarem em algum planeta, era ficar alerta quando fosse sua vez de fazer a guarda. A nave não podia ser atacada no espaço. Ainda assim, Padmé não gostava de ficar à toa, e respeitava demais o trabalho dos outros para se tornar uma distração. Pegou a bandeja e os restos de Idda e levou tudo de volta para o refeitório. Quando estava na metade da escada, ouviu Idda cantando para si mesma, metade em Básico e metade em pios. Era uma canção absurdamente positiva sobre uma família de grandes peixes predatórios, e Padmé quase riu de novo. Às vezes, era bom ficar longe do Senado.

Typho estava no refeitório quando ela chegou, preparando uma bandeja para seu almoço. Ela se desfez de suas bandejas e se sentou na frente de Typho.

— E então, capitão? — perguntou.

Estavam usando seus próprios nomes, mais ou menos, e tecnicamente seguranças mercenários também tinham capitães. Fazer Typho parar de usar "milady" foi mais difícil.

— Suprimentos médicos básicos, em sua maioria — relatou ele. Typho abriu o pacote contendo sua ração de proteínas e fez uma careta. Wookiees tinham estômagos muito fortes, e embora sua comida fosse tecnicamente segura para humanos, a consistência deixava um pouco a desejar na forma de ração. Padmé tendia a beber a maior parte de suas proteínas, mas Typho preferia algo que pudesse mastigar. — Nada muito surpreendente ou valioso.

— Suprimentos médicos geralmente só são valiosos quando são muito necessários — disse Padmé. Era um alívio não haver bacta ou especiaria a bordo. Ela podia lutar com um blaster, e já tinha feito isso, mas não era seu método preferido de contato. Com carga menos valiosa, havia menos chances de serem atacados por ameaças sérias. Padmé tinha certeza de que podia usar a diplomacia para se safar de qualquer um desesperado o bastante para roubar bandagens e antisséptico.

— Isso é verdade — ele concordou. — Também estamos levando grandes quantidades de grãos Raadanos, chá Karlini e rum Chadiano.

Isso era incomum. A galáxia não estava mais acostumada a guerra em grande escala, então Padmé não ficou inteiramente surpresa por encontrar uma carga inesperada a bordo. Talvez alguém apenas precisasse se livrar da carga e aproveitou a oportunidade oferecida pela *Namrelllew*.

— Os grãos eu entendo — disse Padmé. — Ajuda a equilibrar o sistema digestivo da maioria dos humanoides baseados em carbono se sua fonte de água foi contaminada. Isso pode ser útil se o combate chegar perto das cidades ou da principal fonte de água de um planeta. Mas para que serve o restante?

— O rum é legalizado — esclareceu Typho. — Embora seus potenciais usos no mercado clandestino sejam óbvios. Talvez seja um costume local para as pessoas em Hebekrr Menor. Não é necessário interromper tudo por causa da guerra. Às vezes, um pouco de normalidade ajuda.

Ele abriu a porção vegetal de sua ração e comeu com considerável mais prazer do que a proteína.

— Isso eu posso entender, sem dúvida — disse Padmé. — O Senado fica relativamente em paz durante a maior parte do tempo, mas ainda aprecio quando recebo um gostinho de casa.

— O chá é a parte mais estranha — continuou Typho. — Karlinus exporta para toda parte, é claro, mas geralmente para os Mundos do Núcleo, ou para a própria Naboo. Você se lembra de ouvir alguma coisa sobre um aumento na produção ou no comércio?

— Não — respondeu Padmé. — Mas admito que ultimamente tenho focado mais em assuntos galácticos, não domésticos. Podemos perguntar sobre isso quando voltarmos.

Typho assentiu, tomando algo de uma lata cujo rótulo Padmé não tinha visto. A porta do refeitório se abriu, e o droide de protocolo entrou.

— Saudações — disse ele. — Meus capitães gostariam de saber se vocês estão se adaptando bem?

— Sim, obrigado — falou Typho. Já que era tecnicamente o oficial no comando, era ele quem falava pelos dois. Isso ajudava Padmé a desaparecer, o que a fazia sentir-se mais segura sem Sabé ou uma das outras damas de companhia para fazer sua cobertura.

— Ótimo — G-1FY disse. — Meus capitães os convidam para o jantar hoje à noite. Será no deque de voo, portanto, nada formal, mas não serão servidas rações, então eu diria que isso já ajuda um pouco.

O droide parecia profundamente desapontado com a ideia de não poder servir um jantar formal para eles. C-3PO era do mesmo jeito; embora, desde que havia chegado em Coruscant, suas chances tinham aumentado dramaticamente. Era tranquilizador de uma forma estranha saber que droides de protocolo tinham problemas semelhantes, não importava de onde vinham ou onde trabalhavam.

— Será um prazer — falou Typho.

— Excelente — afirmou G-1FY. — Vou adicionar o horário em suas agendas pessoais. Por favor, sejam pontuais, pois aquela pequena gremlin que trabalha na casa de máquinas é muito mal-educada e não espera por ninguém atrasado.

— Gremlin na casa de máquinas? — indagou Typho, quando G-1FY se retirou.

— Uma Mriss chamada Idda — explicou Padmé. — Eu almocei com ela, e correu tudo bem, mas realmente ela se levantava toda hora para mexer nos motores. Posso imaginar como ela fica no deque de voo. Ainda bem que droides não podem ter um aneurisma.

Typho riu e começou a descrever a última vez em que ele e Dormé saíram para um jantar refinado em Naboo, mas acabaram vítimas do senso de humor travesso de Eirtaé e algumas explosões bem programadas.

— Eu sabia que seria arte — comentou Typho. — Só não sabia que nós faríamos parte dela.

— Só posso imaginar o que G-1 teria pensado sobre isso — disse Padmé. Ela não sabia que Eirtaé realizara uma exposição. Até onde sabia, sua ex-dama de companhia ainda estava trabalhando nos campos de grãos e plantações de algas. Era bom saber que ela conseguira explorar seus hobbies artísticos, mesmo com Padmé ouvindo sobre isso só agora.

— Dormé praguejou como um pirata — falou Typho. — Ela ainda ficou brava *comigo* por não avisar, quando eu claramente fiquei tão surpreso quanto ela.

— Você arruinou o vestido dela? — perguntou Padmé.

— É claro que não — disse Typho. — Ela consegue tirar manchas e cobrir marcas de queimaduras melhor do que ninguém na galáxia. Acontece que ela não gosta muito de surpresas.

Padmé sabia por experiência própria que isso era mais ou menos verdade.

— Bom, espero que ela não fique brava por muito tempo — falou Padmé. — Porque tem um restaurante novo perto do Senado que está servindo pasta musical Hyelliana, e acho que ela vai adorar isso.

— Vou lembrar disso — garantiu Typho. — Agora, se não se importa, eu gostaria de descansar um pouco antes do tal jantar.

— É claro, capitão — disse Padmé. — Durma bem.

Deixada sozinha, Padmé decidiu que assim que aquela missão acabasse, ela entraria em contato com suas amigas em Naboo. Padmé não se encontrara com elas nas duas últimas viagens de volta para casa e adoraria ouvir as novidades. Além disso, sentia saudades de Anakin. Quando voltasse para Coruscant, Padmé daria prioridade para criar um método para se comunicar com ele. A guerra estava apenas começando, mas já tinha lhe mostrado que, às vezes, você precisa *encontrar* um tempo.

CAPÍTULO 16

A NOVA ORGANIZAÇÃO DO trabalho na casa da Senadora Amidala significava que Sabé dormia sozinha. Ellé e Moteé raramente entravam em seus aposentos, preferindo trabalhar no escritório. Dormé transitava entre os dois mundos, é claro, mas até mesmo ela parecia pouco disposta a passar muito tempo ali. As damas de companhia encarregadas por vestir a senadora e cuidar de seu guarda-roupa e outras tarefas domésticas eram brilhantes, discretas e praticamente invisíveis depois que Sabé as dispensava ao fim do dia. Ela sabia que meia dúzia de pessoas estavam disponíveis com apenas um chamado, caso ela precisasse de alguém; mas, depois de um dia de intermináveis discussões no Senado, Sabé gostava de aproveitar a calmaria.

Ela nunca precisara ser Padmé por tanto tempo, também nunca havia votado em nome de sua amiga antes. Votar usando uma procuração não era incomum no Senado, e Padmé havia oficialmente nomeado Sabé como sua procuradora, caso o disfarce fosse descoberto. Ninguém poderia questionar a legitimidade de seus votos. Ainda assim, Sabé sentia-se profundamente deslocada. Padmé tinha muito mais influência do que ela pensava, as pessoas esperavam que ela falasse e ouvisse frequentemente, e ela era muitas vezes procurada para dar conselhos. Sabé deveria se sentir ocupada e vital e necessária, mas em vez disso ela se sentia cansada e sobrecarregada.

Mesmo com Bail esforçando-se para dar cobertura, sentia que sua máscara começava a cair.

Ela se sentia solitária. Mesmo com tantas pessoas ao redor, implorando por sua atenção, ela se sentia solitária. Sem os profundos laços com suas damas de companhia, sem os jantares diários com sua equipe de segurança, Sabé se sentia sem rumo. Não entendia como Padmé conseguia, ou por que as coisas haviam mudado. A princípio, ela achou que Padmé apenas queria um tempo para si mesma durante a noite, mas aquilo era mais do que privacidade ou tempo para autorreflexão. Aquilo era isolamento. E já que Padmé havia escolhido isso, Sabé precisava se acostumar.

Ela podia ler ou assistir ao noticiário, mas depois de passar a maior parte do dia, todos os dias, debatendo a guerra, a última coisa que ela queria era ouvir mais sobre esse assunto. Ela podia observar as luzes de Coruscant, mas isso apenas a lembrava do quanto estava isolada e como detestava aquele lugar. Ela podia, se estivesse desesperada, sair para um museu ou teatro. Nem precisaria ser Amidala para isso. Tinha certeza de que Mariek Panás a ajudaria a organizar uma saída com segurança. Mas também não havia indicação de que Padmé tivesse qualquer interesse nesse tipo de coisa. Ela havia reservado todo esse tempo, e Sabé não fazia ideia do motivo.

Então, ela apenas ficava ali, aguentando seu próprio mau humor. Não havia nada realmente que pudesse fazer. Não estava particularmente orgulhosa, mas sem isso ela subiria pelas paredes por causa da frustração e do tédio.

Naquele dia, entretanto, ela não teria a oportunidade. Bail Organa estava oferecendo uma *soirée*, e ela foi convidada. Apenas Dormé a acompanharia, dando uma necessária folga para Ellé e Moteé. Mariek seria a motorista.

— Não tem problema — a capitã da guarda disse quando Sabé tentou se desculpar por não conseguir um convite para ela. —

O Senador Organa sempre envia a comida boa para os seguranças lá fora, e eu não preciso fingir que gosto de conversa fiada.

Sabé ficou com um pouco de inveja.

Dormé apareceu uma hora antes para ajudar com seu penteado. Sabé já tinha aplicado sua própria maquiagem, embora Dormé pudesse fazer qualquer mudança que achasse melhor, mas ela não conseguiria fazer um penteado senatorial sozinha. As outras damas de companhia também receberam folga, já que Sabé poderia muito bem se recolher sozinha para dormir quando chegasse em casa. Enquanto se sentava diante da penteadeira de Amidala e Dormé passava o pente por seus cabelos, Sabé respirou fundo várias vezes e lembrou a si mesma de que escolhera aquela vida há muito tempo e nunca havia se arrependido.

— Tem alguém que preciso evitar politicamente? — ela perguntou quando Dormé guardou o pente e começou a trançar seu cabelo.

— Não — disse Dormé. — É uma festa dos legalistas, então todos serão aliados. Onaconda Farr tem agido um pouco estranho ultimamente, mas ainda não estamos preocupados, então você pode continuar agindo com cuidado perto dele.

— O chanceler estará lá? — Sabé perguntou.

— Não sei — respondeu Dormé. — Ele está na lista dos convidados, mas raramente participa desse tipo de festa quando Bail é o anfitrião. Existe um pouco de... tensão entre eles, embora, para todos os efeitos, eles continuem do mesmo lado.

— Eu notei isso — disse Sabé. Ela estremeceu quando Dormé prendeu uma mecha com força. — Bail cada vez mais desaprova as ações do Exército da República, mas nunca diz nada em público.

— Ele sabe esperar — observou Dormé. — A Senadora Amidala frequentemente segue o exemplo dele e segura sua própria impulsividade.

— Acho engraçado como todos vocês conseguem fazer isso e manter o rosto sério — comentou Sabé, sorrindo.

— Tive uma boa professora — disse Dormé. — Pare de mexer a cabeça. Tenho que prender esses pentes reto.

Com todo seu cabelo armado para cima e preso atrás do pescoço, Sabé só conseguia mover a cabeça em algumas direções. Isso a teria preocupado, já que teria apenas uma acompanhante na festa, mas ela já tinha visto o adorno de cabeça que Dormé planejava usar. Era uma das criações de Eirtaé, altamente modificada por Rabé, e incluía pequenos espelhos que permitiam a quem usasse enxergar o que estava acontecendo ao seu redor, mesmo diretamente atrás. Daria a *impressão* de que Sabé tinha a visão limitada; mas, na verdade, sua visão seria multiplicada.

Com o adorno no lugar e Sabé tendo ajustado os olhos para o estímulo extra, ela se levantou e andou até o centro da sala. Dormé a ajudou a entrar no vestido, puxando-o por cima da túnica de baixo que chegava aos joelhos que ela já estava usando.

O vestido tinha o mais pálido dos azuis. Sabé manteve os braços abertos para que Dormé amarrasse as mangas. Um nó em seu ombro, outro acima do cotovelo e mais um no punho prendiam o largo tecido aos seus braços enquanto laços de cada lado fixavam o vestido ao corpo. Um cordão azul-escuro amarrava o vestido na cintura e formava um delicado corpete que Dormé prendeu no lugar usando alfinetes que Cordé havia criado: invisíveis e inteiramente seguros.

— Esses alfinetes são muito inteligentes — observou Sabé, passando um dedo ao longo da linha azul. — Eu vi você prendendo cada um, mas não consigo mais encontrá-los.

— A família inteira de Cordé era muito talentosa — disse Dormé. Sua voz ficou presa na garganta.

— Nunca será a mesma coisa, não é mesmo? — Sabé comentou. — A sua separação de suas colegas foi cruel, mas acho que consigo entender um pouco sobre o quanto você sente falta delas. Eu sinto muito.

— Obrigada — disse Dormé. — Você se arriscou mais do que todas nós, então significa muito para mim quando você diz isso. Fiquei aterrorizada quando me vi sozinha, e então ela viajou com aquele Jedi. Ao menos eu tive Typho.

— E eu estou muito contente por ter você — falou Sabé.

Mariek apareceu na porta e bateu na madeira e disse:

— Se você já estiver pronta, senadora, está na hora.

— Obrigada, capitã — disse Sabé. — Dormé?

— Estamos prontas, milady — respondeu Dormé. Ela faria uma última checagem do vestido de Sabé quando chegassem. Ela puxou seu capuz azul-marinho sobre a cabeça.

— Vá na frente, capitã — disse Sabé.

Mariek riu um pouco por causa de seu tom de voz, mas não disse nada enquanto conduzia as duas pela plataforma de transporte e para dentro do veículo. A viagem até o apartamento do Senador Organa felizmente era curta, e logo a Senadora Amidala estava fazendo sua entrada na festa.

A reunião acontecia na cobertura do edifício onde o senador morava. Era protegida dos ventos por grandes placas de vidro que mostravam paisagens das montanhas de Alderaan. Para onde Sabé olhava havia plantas e obras de arte Alderaanianas que incorporavam o vento e a água. Devia ter custado uma fortuna, mas Alderaan fazia parte da República Galáctica há muito tempo.

— Senadora, que bom que você pôde se juntar a nós! — disse Bail quando a viu. Como de costume, ninguém olhou para Dormé.

— É claro, Senador Organa — Amidala respondeu. — Seus convites são sempre muito bem-vindos.

Ela seguiu pela fila da recepção, cumprimentando os poucos dignitários e artistas de Alderaan que foram convidados. E então, não havia mais nada a fazer: era preciso socializar. Sabé rapidamente localizou Mon Mothma na multidão e seguiu até ela. A humana alta e de cabelos ruivos era uma das aliadas mais próximas de Padmé no Senado — embora não uma de suas amigas mais próximas. Era uma distinção que Sabé achava frustrante, mas parecia funcionar para as duas.

— Senadora — Mon Mothma cumprimentou. Ela assentiu regiamente. A saudação de Mon Mothma foi interrompida pela chegada de uma nova pessoa.

— Senadora Amidala, que prazer vê-la aqui — disse o Chanceler Palpatine. — Você esteve enclausurada demais ultimamente. Sei que leva a guerra muito a sério, mas é bom vê-la tirando um tempo para si mesma com seus amigos e colegas. Experimente o Toniray. O Senador Organa trouxe uma safra particularmente boa para nós hoje.

Sabé aceitou a taça oferecida por ele e a ergueu em um brinde silencioso antes de tomar um gole. Era mais doce do que o álcool que ela estava acostumada em Tatooine. E provavelmente não causaria o mesmo transtorno em sua barriga. Ela repentinamente sentiu falta de Tonra com tanta intensidade que seu estômago doeu. Esperava que ele estivesse bem.

— Obrigada, chanceler — Amidala falou. — É difícil parar de trabalhar sob essas circunstâncias, mas o Senador Organa me lembra que todos precisam descansar um pouco.

— Ótimo, ótimo, fico contente em ouvir isso — observou Palpatine. — E eu acho, minha querida, que você também ficará contente em ouvir minha novidade. Alguns Jedi que você conhece voltaram para Coruscant para darem seus relatos e avaliações. Eu esperava que estivessem aqui hoje, mas acho que teremos que aguardar por outros encontros nos próximos dias.

Sabé olhou para ele sem entender e tomou um gole do vinho para disfarçar sua hesitação. Foi um movimento amador, e ele certamente notou, mas ela não conseguiu pensar em mais nada naquele momento. Dormé estava atrás dela. Sabé teria que se virar sozinha.

— Isso é de fato uma boa notícia — afirmou Amidala. — Os Jedi também não estão acostumados a uma guerra longa. Eles também merecem descansar.

— De fato. — Palpatine cerrou os olhos levemente. Ele não recebeu aquilo que esperava dela. Sua falta de reação a denunciara e ele agora tinha ainda mais perguntas. Aquele era exatamente o tipo de escrutínio que Amidala não precisava agora.

Ela foi salva por um dos artistas da ópera de Alderaan, que se aproximou para perguntar o que ela havia achado da temporada mais recente. Ao menos aquilo era algo com que ela conseguia se safar na conversa, já que genuinamente gostava do assunto e de falar com artistas sobre seus trabalhos.

Não foi uma noite particularmente boa, mas tudo deu certo e, ao final, depois de mais duas taças de Toniray (que era, realmente, muito bom), Sabé estava se sentindo mais relaxada desde que chegara em Coruscant. Com a conversa com Palpatine quase esquecida, ela estava até disposta a admitir que tinha se divertido, embora Mariek tivesse feito a cortesia de não perguntar sobre isso na viagem de volta para casa.

Sozinha em seu quarto no apartamento da senadora, Sabé tirou os ornamentos de seu cabelo e o penteou até as mechas ficarem quase lisas de novo. Em seguida, limpou o rosto e tirou a túnica de baixo para vestir a camisola que Dormé havia deixado para ela quando guardou o vestido azul no guarda-roupa. Ela bebeu um copo de água e depois encheu o copo de novo para quando acordasse, e se recolheu para a confortável cama de Padmé.

Estava quase dormindo, aquecida e ainda um pouco sonolenta, quando ouviu um barulho como uma porta se abrindo e se fechando, depois suaves passos de alguém que sabia o que estava fazendo atravessando a antecâmara do quarto onde ela dormia. Sabé forçou a si mesma a se manter parada, como se estivesse dormindo, e apanhou o blaster que ficava debaixo de seu travesseiro.

Havia alguém com ela dentro do quarto.

CAPÍTULO 17

PADMÉ GERALMENTE PASSAVA UMA hora se arrumando para um encontro informal, então foi um alívio parar apenas tempo suficiente para fazer as tranças do cabelo antes de sair para o deque de voo. Ela saiu na hora certa, e soube disso porque Typho abriu sua porta meio segundo depois dela, e ele sempre era pontual para tudo. Esperava que Idda não ficasse muito impaciente com eles.

Enquanto atravessavam a nave, Padmé pensou seriamente em comprar uma nave Wookiee para ser seu transporte senatorial oficial quando voltasse para Coruscant. Claro, as naves de Naboo eram confortáveis e familiares, mas a *Namrelllew* nunca a fazia se sentir claustrofóbica, mesmo quando estava em uma sala pequena. O design dos Wookiees era bom para isso, mas havia muitas espécies na galáxia que provavelmente se sentiriam mais confortáveis em uma nave como aquela em vez de com uma projetada para humanos, por melhor que fosse sua qualidade de construção. Se Padmé fosse realizar muitas missões nas linhas de frente, podia valer a pena checar isso.

A chegada na ponte interrompeu seu devaneio. A central de controle da *Namrelllew* era relativamente simples, já que era operada por apenas duas pessoas. A ponte tinha um corredor estreito — pelo menos para Wookiees — na parte de trás onde os controles não específicos de voo ficavam, e um deque de voo que se projetava para fora do casco. No hiperespaço, a vista era incrível, mas Padmé não temia se perder nela. Havia muito em jogo.

Naijoh e Rayyne, como cocapitães, geralmente tinham seus assentos voltados para a frente. Já que era hora do jantar, os assentos foram voltados para o outro lado, de costas para os controles, na direção da própria nave. A mesa ficava suspensa sobre o chão, baixada de uma escotilha escondida na parede. Idda estava empoleirada onde a mesa se juntava com a parede, e G-1FY estava na outra ponta, servindo as bebidas. Havia duas cadeiras vazias, e Padmé e Typho esperaram educadamente.

— Por favor, sentem-se — Rayyne disse através do droide de protocolo. Os gestos deixaram sua declaração suficientemente clara, mas G-1FY achava que precisava repetir tudo no idioma Básico para seus convidados.

Enquanto Padmé e Typho se acomodavam — Typho certificando-se de que Padmé não ficasse em seu ponto cego —, G-1FY passou para cada um deles uma xícara de chá, depois deslizou outra xícara até Idda.

— Iffy, suco! — falou a pequena ave. Naijoh rosnou um aviso, e sem parecer nem um pouco abalada, Idda elaborou: — Iffy, suco, *por favor*.

— O chá de Karlini é conhecido na galáxia como o perfeito precursor de uma refeição — G-1FY explicou. Ele soava ainda mais pomposo do que C-3PO. — Ele prepara o estômago e limpa a garganta para o sabor e textura que virão a seguir. Suco, em suas várias formas, é mais bem-aceito como bebida para o caf da manhã. Ou para crianças.

Idda cheirou e tomou um grande gole do chá. Um pouco de vapor pareceu sair de seus ouvidos.

— Obrigada, G-1 — disse Padmé. — Ou seria melhor Iffy?

— Se assim desejar — respondeu o droide. Ele parecia resignado. — Vocês já tomaram o chá de Karlini antes? Algumas pessoas acham que é picante demais, mas é um excelente limpador do paladar.

— Sim, nós conhecemos — Typho desconversou, afinal, eles precisavam manter o disfarce.

Padmé tomou um gole do chá. Estava perfeito, e por um momento ela sentiu muita saudade de todo o setor Chommell.

— Vocês já fizeram muita segurança desde que a guerra começou? — Naijoh perguntou, mais uma vez falando através de G-1FY.

— Um pouco — Typho respondeu. — A maior parte de nosso trabalho juntos foi antes disso, mas estamos acostumados com conflitos. A galáxia é um lugar perigoso, e minha parceira aqui parece atrair o perigo.

Padmé olhou feio para ele, mas os dois Wookiees riram.

Logo ficou aparente que, embora os Wookiees estivessem satisfeitos por contratar segurança através da empresa com quem já tinham contrato, eles queriam saber mais sobre as pessoas que agora viajavam com eles na *Namrelllew*. Padmé deixou Typho conduzir a conversa, e a maioria das histórias que ele contou era verdade. Deixou muitos detalhes de fora, mas havia muitas missões e expedições de que a Senadora Amidala participara e que acabaram sendo completamente entediantes, ao menos do ponto de vista da segurança. Era interessante ouvir sobre seu trabalho de uma perspectiva diferente. Nos velhos tempos, ela sabia tudo sobre cada procedimento que a mantinha segura; mas, à medida que suas responsabilidades no Senado aumentavam, ela dependia mais e mais daqueles em quem confiava. Isso a tornava uma senadora melhor, mas ela sentia falta daquela velha proximidade.

— Notei que vocês não trouxeram muitas armas — Rayyne disse para Padmé através do droide tradutor. Sem hesitar, G-1FY continuou servindo a entrada, um tipo de tubérculo cozido com um molho laranja pungente que prometia muito sabor.

— Meu capitão cuida melhor desse tipo de conflito — justificou Padmé. — Mas eu posso usar vários tipos de blaster. Meus talentos são mais voltados para a diplomacia. Se não consigo resolver tudo conversando, então Typho assume. Se ele não consegue resolver atirando, então é a minha vez de atirar.

— Parece que nossos empregadores decidiram usar equipes pequenas e flexíveis, e confiar nas forças da República em campo — Naijoh falou. — Não posso culpá-los. Definitivamente, é mais barato, e já estamos cobrando bastante pelo transporte. A guerra está só começando, mas espero que nunca precisemos de equipes de grande porte apenas para entregar equipamentos médicos e alguns outros itens.

Foi o mais longo discurso que Padmé já tinha ouvido de um Wookiee, e ela trabalhava com seus senadores. Era como ouvir música. Às vezes, sentia como se estivesse quase entendendo, então a parte lógica de seu cérebro a lembrava que ela não falava Shyriiwook além de saudações básicas. Eles ouviram histórias dos Wookiees enquanto comiam. Ambos já tinham viajado bastante, e nem mesmo o tom monótono de G-1FY tirava o impacto de suas aventuras.

Qualquer conversa depois disso foi interrompida pela determinação de Idda em tentar jogar suas ervilhas-keldrin no chão sem ninguém notar. É claro, G-1FY percebeu imediatamente, mesmo enquanto estava ocupado servindo a sobremesa e traduzindo para Padmé e Typho.

— Em algumas culturas — explicou o droide —, é costume não servir sobremesa para aqueles que não saborearam adequadamente seus vegetais.

Idda colocou uma ervilha em sua colher e a lançou diretamente no rosto do droide. A ervilha ficou presa na abertura do bocal, e ele não conseguiu tirar com seus dedos metálicos. Ele acabou esmagando a ervilha, o que lhe deixou com a aparência de ter uma estranha covinha de um lado da boca.

— Ora, essa! — ele resmungou enquanto Idda fugia para a sala de máquinas, rindo pelo caminho. Os Wookiees rugiram uma risada, e até Padmé precisou cobrir a boca para não magoar o droide.

— Acho que você vai precisar considerar isso um empate, Iffy — comentou Typho, oferecendo seu guardanapo para que o droide pudesse limpar a boca.

— Obrigado, senhor — o droide falou com muita dignidade. Ele deixou a sobremesa abandonada de Idda na frente de Naijoh. — Às vezes, isso é tudo que um droide esforçado pode esperar por aqui.

— O jantar estava maravilhoso — declarou Padmé. — Obrigada.

— Nós praticamente só comemos as rações — Rayyne disse, G-1FY tirando o guardanapo da boca para dizer as palavras. — Mas isso não é nada mal para ocasiões especiais.

Padmé voluntariou-se para levar os pratos de volta ao refeitório, e Typho ajudou G-1FY a dobrar e guardar a mesa. Ela voltou para seus aposentos antes dele e esperou seu retorno no corredor. Quando chegou, Typho abriu a porta de seu quarto e a convidou para entrar.

— Bom, não acho que a Mriss esteja tramando algo — disse Typho, sentando-se na ponta de sua cama. — Exceto irritar o droide de protocolo.

— Wookiees não gostam de ser enganados — falou Padmé. Ela se encostou na pia. — Se alguém estiver trapaceando, ou se eles se sentirem usados, ambos Naijoh e Rayyne poderiam chamar suas famílias inteiras para buscar justiça ou vingança. Isso seria uma porção de Wookiees raivosos.

— Uma das razões para eu ter escolhido esta nave é que não achávamos que os Wookiees estivessem envolvidos em qualquer coisa sórdida — Typho a lembrou. — Sabíamos que eles trabalhavam para a empresa, mas até agora tudo parece normal. Se não fosse pela informação recebida pelos Jedi e o pedido de um encontro, esse relatório nunca chegaria na mesa do Senador Organa.

— Bom, se não são os Wookiees e nem Idda, será que o droide poderia estar transmitindo algo? — perguntou Padmé.

— Talvez — considerou Typho. — Ele parece um droide de protocolo normal, mas é impossível saber se sua programação teve alguma alteração. Ele mostrou que consegue fazer várias coisas ao mesmo tempo durante o jantar, mas não poderia estar enviando imagens. Apenas texto ou som.

— Vou checar se meus sensores detectam alguma coisa — disse Padmé. — Não tenho nada com alcance para escanear toda a nave, mas se for apenas o droide de protocolo, posso conseguir sem problemas. Ele passa mais tempo no refeitório do que eu, então encontrá-lo não será difícil.

— Certo — respondeu Typho. — Vou pedir alguns mapas da nossa zona de aterrissagem. Quero ter certeza de que esse encontro vai acontecer sem nenhum problema. É melhor você tirar seu descanso agora, se conseguir. Assim nós dois estaremos acordados quando chegarmos em Hebekrr.

— Sim, senhor, capitão — disse Padmé. Typho ficou visivelmente enrubescido.

— Só para constar, milady, não gosto de trabalhar disfarçado — acrescentou Typho. — E nem tão longe do restante de nosso apoio.

— Eu também não gosto — confessou Padmé. — Acho que é assim que Sabé se sente o tempo todo. Ela trabalha sozinha com Tonra. Pelo menos é uma aventura.

— A ideia de você saindo em aventuras faz meu estômago doer — disse Typho. — Por favor, apenas vá dormir.

Padmé riu e seguiu as ordens.

A capacidade do droide de coletar dados de inteligência era excepcionalmente limitada, mas ele era a única coisa disponível para se trabalhar, então com o droide ele trabalharia. G-1FY sabia que os seguranças eram humanos. Sabia que tinham vindo de Coruscant, embora tivessem tentado disfarçar sua origem realizando alguns saltos antes de se juntarem à *Namrelllew*. Sabia que eles eram pacientes e dispostos a fazer todas as tarefas a bordo da nave. Sabia que eles estavam escondendo algo, assim como tantos viajantes do espaço faziam. Isso era uma notícia muito, muito boa.

O Neimoidiano Oje N'deeb tinha grandes esperanças quando vazara a informação para os Jedi semanas antes. Ele descobriu estudando o noticiário que os Jedi de alta patente interagiam principalmente com um seleto grupo de senadores, e que um deles era *ela*. Ela era parte crucial de seus planos. Ele precisava dela para influência e oportunidade. E, com sorte, ela era exatamente a pessoa que tinha sido enviada.

Não podia ter certeza naquele momento. O droide sabia apenas a espécie dos dois seguranças e seu ponto de origem, e Coruscant tinha literalmente bilhões de pessoas que correspondiam àquela descrição. Além disso, ele já a tinha visto no noticiário várias vezes, a mais recente naquela mesma noite, quando a holonet cobriu a festa oferecida pelo Senador Organa.

Ainda assim, se havia alguém que poderia fazer acontecer, era ela. A rainha pacifista que enfrentara uma guerra para salvar seu planeta. A diminuta senadora cuja execução fracassada havia iniciado um conflito em toda a galáxia. Por onde ela passava, aparentemente, os problemas a seguiam. E ele lançou um chamado, com a esperança de que ela fosse atender. Com a esperança de que ela viesse até Hebekrr Menor para ver por si própria, pois ele tinha planos para o futuro. Para si mesmo, para sua empresa e para Neimoidia. E ele precisava dela para que esses planos tivessem alguma chance de sucesso.

CAPÍTULO 18

— ONDE ESTÁ PADMÉ? — uma voz áspera exigiu saber.

Sabé foi puxada para uma posição sentada na cama, o blaster voando de sua mão pelo quarto até atingir a parede. Ela tentou gritar, pedir por socorro, mas não conseguia se mover ou fazer qualquer som.

— Onde ela está? — a pergunta foi repetida.

As luzes se acenderam, revelando uma figura alta vestindo um traje marrom Jedi. Seu bonito rosto estava marcado pela suspeita e uma raiva mal contida. Sabé fez um gesto para sua garganta, e a sensação de pressão ao redor foi relaxada.

— Quem diabos é você? — Sabé perguntou, assim que recuperou o fôlego. — E como conseguiu passar por todos os nossos protocolos de segurança?

Os dois se encararam em um impasse, até C-3PO chegar na antecâmara, as luzes aumentando ao máximo quando entrou.

— Mestre Anakin, é você! — ele declarou. — Estou muito contente em vê-lo de novo. Você trouxe R2 junto? Imagino que aquele malandro conseguiu sobreviver a todo tipo de combate. Ah, e sem...

— Anakin? — Sabé interrompeu o droide. — Anakin Skywalker? De Tatooine?

— Esse não é o meu lar há muito tempo — ele respondeu. Anakin relaxou um pouco. Aparentemente, a aceitação de C-3PO da situação o acalmou. — Você é Sabé, não é mesmo? A sombra. Aquela que eu conheci.

— Sim — respondeu Sabé. — Padmé me chamou de volta para me passar por ela enquanto embarcava em uma missão para o Senado.

— É uma missão perigosa? — Anakin perguntou. Parecia que ficara prestes a pular da janela para sair em busca de Padmé se achasse necessário. — Ela está em perigo?

— Não — assegurou Sabé. — Bom, não mais do que o normal. O Capitão Typho está com ela. Imagino que você saiba o quanto ele é protetor.

— Mestre Anakin, você já jantou? — perguntou C-3PO. — Já é tarde, mas tenho certeza de que posso arranjar alguma coisa.

— Não, obrigado, 3PO — falou Anakin. — Vamos ficar bem, sozinhos por um tempo.

Sua educação ainda era impecável, igual quando ainda era um menino, mas, Sabé se lembrou, foi ele mesmo quem programara C-3PO em primeiro lugar. Várias peças daquele quebra-cabeça começaram a se juntar na mente de Sabé.

— Você e Padmé — concluiu Sabé.

Anakin se endireitou, como se estivesse pronto para lutar.

— Não é da sua conta — disse ele.

— Eu estou de camisola e você está no meu quarto — lembrou Sabé. — Acho que, no mínimo, é sim um pouco da minha conta.

— Ela... — Anakin começou a falar. Ele baixou os olhos para suas mãos, flexionando seus dedos de metal dentro da luva. — Eu a amo — revelou ele. Então, como se fosse um desafio: — Ela me ama.

Tudo fazia muito sentido. O motivo de Padmé ter desaparecido em Naboo. A mudança na agenda e a nova rotina de sua equipe. Era por isso que as noites de Padmé agora estavam livres. Era por isso que suas damas de companhia dormiam no andar de baixo, em vez da suíte da cobertura como antes. Ela não fizera isso tudo por si mesma, não para separar sua carreira de seu espaço pessoal. Ela fizera tudo isso por *ele*.

— Você está com raiva — disse Anakin. — Isso não me incomoda. Eu também ficaria bravo, se ela escolhesse você e não a mim.

— Não é assim que funciona, Jedi — falou Sabé. — O coração de Padmé é infinito, e ela ama muitas, muitas pessoas. Sem mencionar o que sente por seu dever e trabalho. Se você ainda não entendeu isso, logo vai entender.

— Talvez — disse Anakin. Ele não parecia inteiramente convencido.

Sabé esfregou o meio dos olhos e estremeceu. Ela se lembrou que sua camisola não tinha mangas, e que Anakin estava deixando todo o ar cuidadosamente regulado de seu quarto escapar para a antecâmara. E a noite já estava sendo tão agradável.

— Deixe-me encontrar um roupão — falou ela, seguindo para o guarda-roupa. Ela escolheu um aleatoriamente, torcendo para que Padmé não o tivesse usado muito frequentemente, e voltou para a cama a fim de beber seu copo de água. — Certo — disse ela. — Já que você claramente não vai embora até eu dar uma explicação completa, aqui vai. Padmé está em uma missão para o Senado. Não sei todos os detalhes, e não contaria mesmo se soubesse. Ela está segura, está com Typho e está fazendo seu trabalho. Estou cobrindo sua ausência porque o Senado precisa dela. Padmé é uma figura sempre presente, e ela tem muitas alianças com outras facções que seus colegas mais próximos não possuem. Isso é o bastante para você?

— Acho que vai ter que servir — respondeu Anakin.

— Nesse caso, posso voltar para a cama? — indagou Sabé. — C-3PO pode mostrar a saída para você.

— Hum, quanto a isso... — disse Anakin. — A senha de segurança que eu usei reinicia todo o sistema. Não posso sair por no mínimo três horas. E se você ou C-3PO saírem, vai aparecer nos registros. Então, hum, se você não se importa...

— Você só pode estar brincando — protestou Sabé. Ela não tinha interesse nenhum em ter uma festa do pijama.

— Os Jedi conseguem dormir em qualquer lugar — declarou Anakin rapidamente. Sua petulância tinha diminuído, e repentinamente ele voltou a parecer jovem e constrangido, em vez de sombrio e perigoso. — Vou dormir no chão da antecâmara, não se preocupe.

— Eu estava pensando em deixar você dormir no compactador de lixo — resmungou Sabé. — Mas tudo bem. Você vai ficar aquecido? Isso é uma coisa dos Jedi também?

— Sim — respondeu Anakin. — E nem preciso de travesseiro.

— Bom, lá tem alguns, de qualquer maneira — disse Sabé. — Então, você pode pelo menos ficar um pouco confortável.

Ela observou enquanto Anakin preparava um ninho improvisado no longo sofá. Ela não ajudou. Ele tirou sua capa, envolvendo seu corpo quando se sentou. Ela foi apagar as luzes.

— Como está a situação lá fora? — Sabé perguntou, a mão hesitando sobre o interruptor.

— A guerra? É só combate. Os Separatistas têm droides e nós temos clones, e eles lutam.

— Eu também lutei contra droides, lembra? — disse ela. — Sei que não é tão simples, mesmo se você tiver um exército de clones para dar cobertura.

— É simples, sim — confirmou Anakin. — Os Separatistas querem quebrar a galáxia em pequenos pedaços, cada um cuidando de seus próprios interesses. A República é a paz e a justiça. Não estamos invadindo. Não estamos forçando mundos a fornecer armas ou comida ou recursos. Estamos ajudando pessoas que estão sendo oprimidas. Restaurando a ordem na galáxia. Trazendo-os de volta à luz.

Era tentador acreditar na maneira como ele disse isso, tão convicto de sua declaração, mas ela sabia que as coisas raramente eram tão simples e diretas. Padmé certamente não acreditava. Era por isso que ela trabalhava com tanto afinco no Senado. Ela acreditava que a política e a diplomacia trariam de volta os sistemas errantes. Sabé tinha certeza disso. Essa violência que Anakin mencionava com tanto orgulho era aterrorizante porque soava muito fácil.

— Tudo bem se você não acreditar em mim — falou Anakin. — Você ainda não esteve lá fora, não desde que os combates realmente começaram. Não sou descuidado com os clones.

— Fico feliz em ouvir isso — reconheceu Sabé. — Lembre-se de que Padmé também está lutando nessa guerra. Ela vai fazer as coisas de um jeito diferente de você, e ela precisa agir como uma senadora normal. Você não mantém muitos segredos, e essa é a sua vida, mas a vida e o trabalho de Padmé dependem de segredos. Você consegue respeitar isso?

— Estou tentando — respondeu Anakin. — Gosto quando as coisas são diretas. Mas eu confio em Padmé. Sei que ela não é como a maioria dos políticos.

— Bom, acho que isso já é um começo. — Ela apagou a luz. — Boa noite, Anakin.

Ela voltou para seu quarto. Ele a deixava inquieta de um jeito que ela não conseguia explicar. Sua convicção e dedicação à luta não combinavam com o pequeno e doce garoto que ela se lembrava de ter conhecido, oficialmente, em Naboo. Ele foi o único a perguntar seu nome. O único a lhe agradecer. E agora ele havia crescido, havia se tornado um Cavaleiro Jedi, e se conectava com Padmé de maneiras que Sabé temia que fossem mais profundas do que ele tinha admitido. Talvez ela realmente estivesse com ciúme, mas não estava errada.

Ela fechou a porta, ouvindo a trava se fechando e sentindo um pouco de alívio. Encheu seu copo de água pela terceira vez e voltou para a cama.

O Jedi não estava mais lá quando Sabé acordou de manhã, e ela ficou contente por isso. Faria um discurso no Senado naquela tarde, então foi Dormé quem veio vesti-la para a ocasião. Desta vez, Sabé não prestou atenção à maquiagem ou penteado. Ela sentiu que o vestido poderia atrapalhar. Pela primeira vez em mais de dez anos, ela não queria ser Amidala. Já não sabia mais se realmente a conhecia.

— Recebi uma visita ontem à noite — ela disse de um modo neutro, enquanto Dormé fazia os ajustes finais em seu cabelo e endireitava o colarinho.

— É mesmo? — indagou Dormé. E então: — Ah, não...

— Exatamente — falou Sabé. — Existe mais algum segredo que eu deveria saber antes de aparecer no meu quarto depois de tomar três taças de Toniray?

— Esse é o segredo que eu sei — assegurou Dormé. — Sinto muito. Achei que você sabia.

— Padmé não me contou — Sabé disse secamente.

Houve um terrível silêncio entre elas.

— E... você está bem? — Naquele momento, o profissionalismo e a afetação de Dormé sumiram. Por um instante, elas eram duas garotas que compartilhavam um segredo com sua amiga, embora isso as deixasse desconfortáveis.

— Fiquei irritada por descobrir dessa maneira — confessou Sabé. — Mas não é como se fosse a primeira vez que alguém se apaixona por ela. É só a primeira vez que ela também se apaixonou.

Uma vez ela me disse que se isso acontecesse, seria de um modo profundo e completo, e acho que ela estava certa.

Sabé estava brava — e irritada —, mas não havia ninguém ali com quem ficar brava, e ela odiava ficar brava com Padmé. Elas conversariam calmamente sobre isso quando Padmé retornasse. Anos antes, depois do incidente com Harli Jafan, elas haviam concordado em conversar sobre qualquer problema que surgisse entre elas o mais rápido possível. E agora, Sabé tinha um problema. Sabé levantou-se e deixou Dormé fazer a checagem final no vestido. Parecia mais pesado do que o normal, as bordas mais afiadas e o tecido mais áspero. Ela sabia que nada havia mudado desde o dia anterior, mas o vestido parecia não servir mais.

— Vou pedir para contar a Ellé e Moteé, quando Padmé retornar — disse Dormé. — Elas precisarão saber. Padmé é muito discreta quando se trata de organizar encontros, como você pode imaginar, mas Anakin é tão sutil quanto um gundark bêbado.

— Percebi — Sabé falou secamente. — Imagino que não deve ser fácil para você.

— De todos os escândalos que ela podia escolher — lamentou Dormé. — De todos os escândalos de que ela já foi acusada!

Sabé não conseguiu segurar uma risada. Parecia um tipo de histeria, subindo por sua garganta, mas ela não queria parar. Pela primeira vez desde que acordara com Anakin Skywalker ao pé de sua cama, ela quase se sentiu normal de novo, como se pudesse ser a senadora e não estar à beira do fracasso em cada momento. A humanidade de Padmé facilitava representar seu papel.

— Padmé nunca fez nada em sua vida pela metade, e você sabe disso. Por que isso deveria ser diferente? — ponderou ela. Então, ela voltou a ficar séria. — O droide sabe. Ele já pertenceu a Anakin.

— Para onde você acha que R2-D2 foi? — Dormé perguntou.

— Ele não é propriedade do governo de Naboo? — disse Sabé.

— Acho que a questão não é essa. — Dormé deu de ombros. — Os droides são confiáveis. As novas damas de companhia não suspeitam de nada. Ellé e Moteé estão ocupadas com o trabalho no Senado. Typho definitivamente vai descobrir que algo está estranho, mas não vai perguntar. Mariek vai descobrir exatamente o que está acontecendo, mas não vai confirmar nem espalhar a fofoca.

— Acho que isso é o que acontece quando você se cerca de pessoas em quem confia — Sabé comentou. — Imagino quantos outros senadores também confiam assim em seus funcionários.

— Todos sabemos que funciona para os dois lados — disse Dormé. — E todos sabemos o trabalho que aceitamos fazer, mesmo se os detalhes forem um pouco diferentes.

— Não gostei disso — comentou Sabé. Ela não sabia se estava se referindo a Anakin, às novas camadas de separação no apartamento, ao Senado, à guerra em si, ou a tudo isso ao mesmo tempo.

— Mas você fará o trabalho — disse Dormé. Não era uma pergunta, mas havia a oportunidade de dar uma resposta insinuada ali.

— Sim — respondeu Sabé. O vestido acomodou-se um pouco melhor em seus ombros, e ela forçou seus pensamentos na direção do discurso que faria em algumas horas. Padmé precisava que ela fosse Amidala, então ela seria Amidala. Por enquanto. Até que Padmé voltasse e elas pudessem conversar sobre tudo isso, aberta e livremente, da maneira como sempre faziam. — Sim, eu farei.

CAPÍTULO 19

Hebekrr Menor era, como o nome sugeria, o segundo planeta habitável em seu sistema solar. Hebekrr Maior era geologicamente instável há algum tempo, embora pessoas tivessem vivido lá em um passado distante. Expedições ocasionais eram enviadas para recuperar tecnologias antigas e artefatos culturais da superfície rachada do planeta, mas ninguém podia ficar lá por muito tempo.

O combate em Hebekrr Menor focava na maior concentração populacional no hemisfério sul do planeta. O Exército da República e a milícia de Hebekrr controlavam a cidade, enquanto os Separatistas faziam incursões saindo das montanhas ao redor e destruíam qualquer fazenda arável que encontrassem. Afinal de contas, não estavam em Hebekrr em busca de comida. A verdadeira riqueza do planeta estava nos minerais que compunham seu solo. Se os Separatistas não pudessem lucrar com eles, então ninguém lucraria. A única pequena bênção era que o planeta não era exatamente uma prioridade para os Separatistas, então havia muito pouco suporte aéreo, e nenhuma nave foi deixada para trás.

A *Namrelllew* deslizou através da órbita no vazio céu acima da superfície do planeta. Padmé e Typho juntaram-se aos Wookiees no deque de voo para que pudessem fazer a varredura da área de aterrissagem para si próprios.

— Não há espaço dentro da fortificação da cidade para uma nave deste tamanho — disse Typho. — Mas já esperávamos isso. Padmé e eu vamos usar o transporte, entregar os suprimentos e depois retornaremos aqui. Algum de vocês vai nos acompanhar?

Naijoh sacudiu a cabeça e rosnou uma negativa. Não era que os Wookiees confiassem em seus seguranças, a questão era que Padmé e Typho não teriam para onde ir. E também não receberiam o pagamento.

— Certo, capitão — falou Padmé. — Vamos carregar o transporte.

G-1FY os ajudou com o embarque da carga. A pequena nave tinha pouca blindagem e um único canhão frontal, mas serviria. Eles não esperavam fogo pesado, e os soldados clone sabiam que eles estavam vindo, então poderiam fornecer alguma defesa em solo. Levou apenas alguns minutos para terminar o carregamento, e então eles estavam prontos para partir.

— Transporte Um, partindo — informou Typho no comunicador.

As portas externas se abriram, e embora Padmé estivesse em uma nave pressurizada, ainda imaginava que podia sentir a fria atração do espaço lá fora.

— Afirmativo — disse G-1FY. — Os capitães me disseram para desejar um bom voo.

— Obrigada — respondeu Padmé. — Nós nos juntaremos a vocês no ponto de encontro quando terminarmos.

Typho pilotou a nave para fora da baia, então eles começaram a descida na direção do planeta. Como esperado, o oficial de comunicação dos clones os detectou quase imediatamente e forneceu coordenadas seguras de aterrissagem, além de uma rota de evasão para evitar a artilharia pesada dos Separatistas. Aterrissaram sem incidentes e rapidamente iniciaram o processo de descarregamento.

— CC-1771, comandante clone, reportando — disse um soldado com faixas azuis pintadas nos braços de sua armadura. — Tudo parece em ordem. Tenho os créditos do seu chefe prontos para serem enviados.

Padmé não resistiu e fez algumas perguntas. Podia ser a única chance que teria para interagir com os clones em campo.

— Qual é o seu nome, comandante? — ela perguntou.

— Sticks — ele respondeu. Ela gostaria de poder olhar em seu rosto, mas não sabia se era de bom tom pedir que ele removesse o capacete. Sabia qual era sua aparência, é claro, mas havia muita coisa que você podia dizer apenas com o olhar.

— É um prazer conhecê-lo, Comandante Sticks — disse Padmé. — Podemos ajudar com mais alguma coisa enquanto estamos aqui?

O comandante pareceu hesitar, balançando no lugar antes de possivelmente se lembrar que, até onde ele sabia, ela era apenas uma funcionária contratada, não uma senadora a quem ele devia alguma satisfação.

— Se vocês tiverem que esperar um tempo, eu pediria que falassem com meu general — Sticks respondeu, por fim. — O General Sivad e seu aprendiz estão na casa da magistrada, e podem precisar da sua ajuda, se for possível.

— É claro — afirmou Padmé, bem quando Typho voltava para seu lado. Ela sentiu que ele queria protestar, mas não disse nada. — Por favor, comandante, mostre o caminho.

Sticks emitiu mais algumas ordens, incluindo que o transporte fosse reabastecido, depois os escoltou pela cidade.

— Tem certeza de que isso é uma boa ideia? — sussurrou Typho. — É um desvio de nossa missão.

— É um desvio de nossa missão primária — argumentou Padmé. — Mas essa é a primeira vez que alguém do Senado tem a chance de ver como a linha de frente funciona. Temos confiado nos relatórios dos Jedi, que são adequados, mas ocasionalmente eles omitem algumas coisas.

— Apenas tente manter tudo sob controle — pediu Typho.

— É claro, capitão — disse Padmé.

A cidade deve ter sido bonita antes, mas os constantes ataques estavam começando a cobrar seu preço. Muitas das janelas estavam escuras ou cobertas com placas; as lojas, fechadas; os parques, vazios; e as plantas, murchas.

— Estamos sitiados aqui há várias semanas — Sticks lhes contou enquanto caminhavam. — Quase desde o início da guerra. Os Separatistas tentaram comprar o direito dos minerais, e quando o governo local se recusou, eles tentaram derrubá-lo. Foi aí que nós entramos. Agora, os malditos parecem focar na destruição, esperando que a magistrada ceda.

— Você acha que ela vai ceder? — perguntou Padmé.

— Isso eu não posso dizer — respondeu Sticks. — Embora existam outros fatores em jogo que o General Sivad vai explicar.

Chegaram na casa da magistrada e foram recebidos imediatamente depois que o Comandante Sticks os apresentou. Mesmo ali, sinais do cerco eram facilmente visíveis. A casa foi reforçada estruturalmente e servia como um hospital improvisado para qualquer um com problemas não emergenciais. Eles também operavam um refeitório na sala de jantar principal. Tudo era organizado, mas havia um toque de desespero no ar. As pessoas estavam no seu limite.

Sticks os conduziu até o centro de comando, uma grande sala de reuniões no meio da casa. Era onde as reuniões públicas aconteciam, Padmé pensou, mas os clones haviam reformulado o lugar eficientemente. Sticks os levou até o Jedi e esperou ser chamado.

— General, magistrada — começou Sticks. — Esses são os pilotos da entrega de suprimentos. Acabaram de entregar mais suprimentos médicos e vários outros itens. Possuem sua própria nave e tecnicamente não são afiliados a nenhum lado do conflito.

— Ótimo, comandante — disse o General Sivad. Ele era um humano baixo e encorpado com cabelos loiros e um rosto luminoso e amigável. — Magistrada, a Força nos deu uma chance de restituir o equilíbrio aqui.

A magistrada de Hebekrr era uma mulher humana de ao menos setenta anos de idade. Seu rosto e mãos eram enrugados e marcados, sinais de que havia trabalhado tão duro quanto seus constituintes antes de se voltar para a política. Quando olhou para Typho e Padmé, um grande peso pareceu sair de seus ombros.

— O exército Separatista está exigindo uma reunião comigo — comunicou ela. — Eles não são nada sutis. Eles claramente vão me obrigar a assinar algo se conseguirem me pegar. Nossa melhor solução até agora foi prolongar esse cerco. Futuramente, eles terão que ficar sem droides, e os direitos dos minerais em Hebekrr não valem tanto assim.

— Nós fortificamos a cidade da melhor maneira possível — o General Sivad acrescentou. — Nós todos concordamos que proteger a magistrada era a prioridade, então ela permaneceu nesta casa.

— Tudo isso estava funcionando até dez horas atrás, quando um grupo de agentes Separatistas orgânicos furou as defesas da fazenda, a dois quilômetros a leste daqui, e sequestrou minha neta, sua esposa e todos os meus três bisnetos. — A magistrada respirou fundo. — Estamos ganhando tempo desde então, mas obviamente qualquer objetividade que eu tinha já desapareceu.

— Geralmente, eu me apresentaria como uma parte neutra — falou o General Sivad. — Mas com a decisão do conselho de assumir um lado da guerra, isso já não é mais possível. Tanto eu quanto meu Padawan seríamos considerados combatentes inimigos.

— Meus homens criaram um plano de extração — Sticks disse. — Mas sem uma nave neutra, nossa intenção seria bastante óbvia.

Padmé olhou para o mapa da cidade sitiada e seus arredores. Não era muito diferente de partes de Naboo, embora obviamente a geomorfologia de Theed fosse mais dramática. Ela não podia simplesmente voltar para Coruscant e entregar um relato frio sobre a situação na frente de batalha. Como senadora, Padmé tinha que ajudar, mesmo eles nunca podendo descobrir que ela era, de fato, fortemente afiliada com seu lado. Como pessoa, Padmé não via questão nenhuma. Era igual à situação com a irmã da Rainha Jamillia, onde o capital político precisava ser considerado como peso adicional em um jogo de números, por mais injusto que fosse para todo o restante.

— Certo — disse ela. — Acho que tenho uma ideia.

Ao seu lado, Typho suspirou. Ele sabia exatamente para onde isso estava se encaminhando, mas a verdade era que não ia impedi-la, mesmo se pudesse. Isso era o que Padmé fazia, e ele sabia disso muito bem quando aceitara trabalhar a seu serviço.

— Aquele rum Chadiano é muito importante para vocês?

Embarcaram o rum no transporte, junto com o Comandante Sticks e seis outros clones usando armaduras furtivas. Tudo coube, mesmo um pouco apertado. Decolaram e entraram em órbita acima da cidade. Quando tiveram absoluta certeza de que os Separatistas tiveram tempo suficiente para escaneá-los, Typho abriu um canal de comunicação.

— Aqui é o transporte de suprimentos *Namrelllew* chamando a base Separatista — disse Typho. — Não somos afiliados com nenhum lado e temos suprimentos a bordo, se vocês tiverem interesse em comprá-los.

Houve um longo silêncio e então uma voz orgânica falou:

— Aqui é o intendente Separatista. Nós sabemos que você acabou de sair da plataforma da cidade.

— Sim, e eles não compraram toda a nossa carga. — Typho parecia altamente irritado. — Você acha que eu quero levar de volta para meu chefe e ter que explicar por que eu nem tentei vender tudo?

— Nós somos principalmente um exército droide — argumentou o intendente. — Temos poucas necessidades.

— É rum Chadiano — revelou Typho. — Ninguém precisa dele, mas é bom ter um pouco, entende? Vou oferecer um preço melhor do que eu daria para aquele pão-duro da República.

Houve mais uma longa pausa.

— Estamos detectando um alto número de formas de vida no seu transporte — declarou o intendente.

— Ora, isso é uma guerra! — justificou Typho. — Não vou viajar por aí sem segurança. Olha, você está interessado ou não? Estou gastando combustível aqui.

— Que seja — disse o intendente. — Aterrisse nessas coordenadas. Abra a escotilha do seu transporte. Não desembarque.

O comunicador voltou a ficar em silêncio.

— Isso é suficiente? — perguntou Padmé.

— Ah, sim — confirmou o Comandante Sticks. Ele parecia animado. Padmé entendia. A guerra era algo horrível, mas ele foi feito para isso. Ela sabia a sensação de ter um trabalho que estava indo muito bem.

Padmé foi até o armário das armas na parede do deque de voo e apanhou seu blaster. Typho já levava o seu na cintura, mas ela preferia a pequena vibrolâmina que Dormé havia projetado para caber na manga de sua túnica de piloto. Agora ela precisaria de uma arma. Não era o delicado blaster prateado que a Rainha Amidala havia usado; também não era o pesado fuzil blaster E-5 da Senadora Amidala durante a luta na arena em Geonosis, mas serviria. Ela prendeu o blaster e várias células de energia em seu cinto e depois se sentou ao lado de Typho. Na parte de trás, podia ouvir os clones fazendo a checagem final de suas armas e equipamentos. Era tranquilizador, de certa maneira. Eles eram soldados e eram bons naquilo que faziam. Ela confiava neles, não apenas porque já os tinha visto em ação antes, mas porque exalavam uma aura de competência.

— Vamos aterrissar, capitão — disse Padmé.

Ela se esqueceu que, tecnicamente, não estava dando as ordens naquela missão, mas ninguém a questionou. Typho conduziu o transporte de volta para a superfície de Hebekrr, e Padmé Amidala voltou ao centro do conflito galáctico mais uma vez.

CAPÍTULO 20

O PROBLEMA COM A maioria das pessoas que viviam em Naboo era que, com exceção de uma semana de extrema dificuldade há mais de uma década, poucos deles tinham qualquer ideia do que era o verdadeiro sofrimento. Eles eram cheios de empatia e boas intenções, mas tinham pouca experiência prática. No fim, seu trauma coletivo lhes deu um tremendo potencial para agir de modo prejudicial: era possível que, em um esforço para evitar repetir os eventos da Ocupação, eles tomassem medidas sem considerar o efeito nos planetas vizinhos.

Saché estava determinada a evitar isso, mas seus colegas em Naboo não estavam facilitando seu trabalho. Ao se recusarem a cancelar a legislação que tanto afrontava os outros planetas do setor Chommell, eles forçaram Saché a uma posição defensiva que ela nem mesmo concordava. Ela preferia muito mais começar tudo do zero, mas o Governador Bibble havia atado suas mãos: a opção era aceitar emendas ou nada, e era melhor que não fosse nada.

Pelo menos a Governadora Kelma era a perfeita escolha para mediar as negociações. Karlinus era o planeta mais rico do setor, depois da própria Naboo, e mesmo assim ainda tinha a confiança dos sistemas periféricos. Até mesmo Harli Jafan sempre ouvia o que ela tinha a dizer, o que era útil, porque ela certamente não ouvia a mais ninguém.

— O que impede Naboo de ignorar tudo isso assim que se tornar inconveniente para eles? — Harli perguntou depois de várias horas de discussão da atual proposta. Ela havia parado de andar de um lado a outro e agora apenas gesticulava em sua cadeira, ocasionalmente batendo na mesa para enfatizar. — Não existe nada aqui que responsabilize Naboo.

— Se você não confia em nós para nos responsabilizarmos, como pode confiar em qualquer legislação? — questionou Saché. Ela estava começando a ficar um pouco frustrada, embora entendesse a relutância de Harli. No entanto, se não houvesse alguma confiança como fundação, como poderiam construir qualquer coisa juntos? — Todos precisam ceder um pouco, Representante Jafan. Só assim podemos chegar a um acordo.

— Não é exatamente um meio-termo se a única mudança é Naboo se beneficiar um pouco menos — disse Harli. Houve um murmúrio de concordância entre os outros participantes, a maioria presente via holograma.

Saché apertou o meio dos olhos. Ela não discordava. Odiava argumentar a favor de uma posição em que não estava totalmente convencida, embora fosse uma profissional e entendesse o que estava em jogo. O setor Chommell tinha que permanecer unido durante a guerra. Naboo não poderia se sustentar sozinha, e não poderia saquear impiedosamente os planetas vizinhos para sobreviver. A única maneira de solucionar o problema era se unirem em algo mais forte do que um único planeta ou sistema, e então torcer muito para que todos cumprissem seu papel quando o sacrifício fosse necessário.

— E se mudássemos um pouco os termos do fluxo de poder? — sugeriu Saché. Era uma ideia que estava no fundo de sua mente há algumas horas, e aquele era o momento de propor.

— Como assim? — Kelma perguntou. Era a primeira vez que a governadora falava em algum tempo, com exceção de controlar quem tinha a palavra.

— No momento, Naboo precisa apenas de dois de seus três corpos legislativos para concordar em qualquer grande mudança na política. Qualquer combinação entre a rainha, o governador e a própria legislatura. — Saché bateu de leve repetidas vezes na mesa. — E se fossem todos os três? Em um voto cego, simultaneamente?

— Você quer dizer, todos votariam segundo sua consciência, e se houvesse qualquer divergência, nada aconteceria? — Harli perguntou. — Você nunca vai conseguir aprovar nada depois disso.

— Seria preciso fazer um ajuste, obviamente, e eu estava pensando que seria específico para este arranjo — disse Saché. — Poderíamos reescrever o texto para que apenas uma combinação total das autoridades de Naboo tivesse poder de decisão. E isso quase nunca acontece. No mínimo, a rainha se recusaria e, se ela tivesse poder de veto, outros representantes poderiam votar... com coragem.

— Ah, o idealismo de Naboo — disse um dos hologramas. — É bom saber que certas coisas nunca mudam.

Saché inclinou a cabeça e deixou que rissem dela por um momento. Ela aguentava o golpe em seu ego sem problemas, e tinha certeza de que valeria a pena no fim das contas.

— Precisaria ser uma linguagem muito específica — observou Harli. Ela se recostou na cadeira e se espreguiçou. Saché soube que havia vencido. — Algum tipo de... alinhamento de poder abrangendo todo o setor que enxergasse Naboo como uma única entidade que havia concordado consigo mesma internamente.

— Podemos começar a trabalhar nisso assim que vocês quiserem — disse Saché. Ela abriu uma nova versão da legislação em seu datapad.

— Ah, você não vai conseguir se safar tão fácil — falou Harli. Um largo sorriso apareceu em seu rosto. Ela claramente voltou a ficar de bom humor. — Existem outros termos que eu quero mudar.

— Não estou nem um pouco surpresa, Representante Jafan — disse Saché. Ela podia se dar ao luxo de ser magnânima: já tinha conseguido o que queria, agora era apenas uma questão de acertar os detalhes. — Podemos começar?

A economia foi a parte mais complicada. Eles passaram quase um dia inteiro discutindo a diferença entre valor de mercado justo e preços fixos, e quem seria mais beneficiado por qual. Saché ficou de fora pela maior parte do tempo, a menos que Tepoh apontasse algo que precisasse de sua atenção. Ela não se importava com o que a lei acabasse dizendo. Seu trabalho era codificar quem a controlava quando estivesse pronta. Além disso, ela genuinamente não sabia qual era o preço do feijão denta não processado.

O documento final era muito mais equilibrado com as concessões de cada planeta no setor Chommell. Naboo poderia esperar alguma escassez na produção de comida e no custo de material de construção conforme a guerra se estendesse, mas não seria algo insuperável e nem diferente dos sacrifícios enfrentados por outros planetas. Definitivamente, havia alguns problemas com a geração de energia, se trabalhadores externos de Jafan ficassem em casa como a lei sugeria, mas isso era um assunto interno e Naboo saberia lidar com isso.

— Vamos combinar de nunca mais fazermos algo assim — comentou Harli discretamente para Saché quando o holograma do Governador Bibble e da Rainha Jamillia apareceram na sala de reuniões para ouvir o texto final.

— Combinado — disse Saché. — De agora em diante, só aventuras, nada tão difícil assim.

— Obrigada por fazer isso — reconheceu Harli. — Sei que você só concorda com metade daquilo que precisava aprovar. Significa muito você arriscar sua reputação por nós. Não votamos por você, e seu povo é quem vai sair mais prejudicado.

— Colocar Naboo em primeiro lugar nunca deu muito certo para Naboo — disse Saché. — Pelo menos não a longo prazo. Gosto de pensar que sou melhor quando se trata do longo prazo.

— Ah, definitivamente. — Harli indicou o Governador Bibble apontando com o queixo. — Quando você conseguir aquele emprego, vamos nos divertir muito.

Saché fez um som indelicado na mão e depois forçou sua atenção de volta para o evento histórico que se desenrolava diante dela. Todos os líderes planetários e representantes do setor Chommell concordaram com as emendas sem mais debate ou esclarecimento. A assinatura aconteceu rapidamente e sem cerimônia, respeitando aqueles que estiveram debatendo incansavelmente nos últimos dias. Finalmente, estava feito. Saché foi cumprimentada por todos os presentes, e alguém lhe passou uma taça de vinho efervescente para celebrar. Ela brindou com a Governadora Kelma silenciosamente do outro lado da sala e depois bebeu o vinho junto com Harli.

Tepoh apareceu ao seu lado quinze minutos depois, com seu sempre presente datapad em mãos.

— Tomei a liberdade de fazer nossas malas — disse. — Tem um transporte de volta a Naboo saindo hoje à noite, se você quiser embarcar.

— Quero muito — disse Saché. — Quanto tempo nós temos?

— Cerca de trinta minutos — respondeu Tepoh. — Vou enviar tudo com antecedência.

Saché apertou a mão de Harli e depois abriu caminho na multidão para chegar até Kelma.

— Obrigada mais uma vez por nos receber, governadora — disse Saché. — Se não se importa, eu gostaria de me despedir e voltar para casa.

— É claro, minha amiga — falou Kelma. — Mande um *oi* para Yané por mim.

Saché sorriu e se retirou. Antes de perceber, ela já estava de volta ao transporte com destino a Naboo. Seu lar estava um pouco mais seguro agora. Um pouco melhor. E logo estaria muito, muito perto.

Ele havia se perguntado o que fariam com o dilema onde ele os colocara. Um experimento mental: um gato tooka entre pombas. Uma atração secundária enquanto as peças maiores da galáxia se alinhavam segundo sua vontade. Naboo sempre tinha sido seu campo de testes, afinal de contas. Não havia motivo para mudar seus métodos a essa altura em suas maquinações.

Mostrar a lei original para Quarsh Panás tinha sido apenas a primeira conexão em uma cadeia da qual ele não conseguia enxergar o desfecho. Ou, melhor, ele podia enxergar vários desfechos e não sabia exatamente qual escolheriam para seguir. Mas todos o beneficiariam. Em algum momento. Esse era o único jogo que ele jogava.

A legislatura de Naboo havia reagido exatamente como ele esperava. Lembravam-se da fome, dos campos de concentração. Eles não queriam passar por tudo aquilo de novo. A Representante Saché também havia reagido exatamente como ele esperava, com seu coração sangrando e sua determinada boa índole. Ela tinha ido diretamente para Karlinus e estabeleceu um debate que abrangia todo o setor.

Ele honestamente não sabia o que seria mais engraçado: o setor se fragmentando e se voltando contra si mesmo ou o setor se unindo, como uma rocha gigante que o oceano levaria um pouco mais de tempo para erodir.

A solução deles o surpreendeu. Ah, ele não se importava com os detalhes. A subida e queda de preços do mercado agrícola não tinha relevância para ele em um nível prático, e ele não tinha interesse algum na construção de planetinhas como Jafan. O que o interessava era que Naboo havia escolhido se enfraquecer. Não apenas em termos de recursos, que sempre poderiam simplesmente comprar se fosse necessário, mas em poder político.

O planeta inteiro — rainha, governador e legislatura — precisava agir como um único órgão para que a lei fosse revogada. Era uma decisão que estabelecia um precedente, e ele mal podia acreditar que Saché havia conseguido que todos concordassem com ela. Mas a Rainha Jamillia era a protegida de Padmé Amidala, e o Governador Bibble era seu fantoche de várias maneiras, e a legislatura quase se enforcou tentando mantê-la no trono. Talvez fosse até melhor para eles se tivessem. Da maneira como estava, havia um ponto fraco na estrutura de poder que nem mesmo Saché havia considerado, porque era inimaginável para a funcionalidade de Naboo. Eles sempre tinham sido um triunvirato: rainha eleita, representantes eleitos, governador nomeado. Eles nunca imaginaram que algum dia a própria essência de como Naboo era governada fosse mudar.

Ainda bem que, no futuro que ele planejava, Sheev Palpatine tinha apenas um líder em mente para Naboo.

CAPÍTULO 21

O Comandante Sticks imediatamente assumiu o comando da operação, dando ordens aos soldados. Bombas de fumaça e outros dispositivos de atordoamento precederam o desembarque pela rampa. Pequenas bombas de pulso eletromagnético visaram os droides. Padmé e Typho vestiram capacetes para não serem afetados pelo gás. O Separatistas não tinham sido pegos totalmente de surpresa. Um ataque sincronizado durante uma crise com reféns não era exatamente uma jogada sutil, mas eles subestimaram a quantidade de poder de fogo que clones bem-treinados conseguiam carregar em um espaço pequeno. Os clones sobrecarregaram os droides que os receberam na plataforma de aterrissagem, depois pararam para se reagrupar assim que a área ficou segura.

— Nossos dados da inteligência indicam que a família da magistrada está sendo mantida naquele edifício — afirmou Sticks. — Fiquem aqui e descartem o rum enquanto nós os extraímos.

— Entendido — disse Typho. Se achasse que tinha alguma chance de fazer Padmé ficar dentro do transporte, ele teria insistido com ela, mas o capitão sabia que precisava escolher suas batalhas.

Os clones avançaram. Os disparos de blaster medidos, pontuados pela ocasional explosão, denunciavam sua disciplina e treinamento. Não foi como na arena de Geonosis, onde havia um certo desespero, ondas de clones atacando como uma força avassaladora. Aquele tinha sido um ataque de precisão, e embora a guerra tivesse apenas algumas semanas de duração, os clones já eram especialistas em combatê-la.

Uma segunda onda de droides inimigos avançou sobre a plataforma de aterrissagem quando Padmé posicionava o último trenó. Havia apenas três deles, dois droides de combate e um destróier, mas isso era mais do que suficiente. Padmé gritou um alerta para Typho e mergulhou atrás dos caixotes de rum. As caixas aguentariam os tiros de blaster, então ela não se preocupou que fossem explodir. Estar cercada era um assunto mais imediato.

— Por favor, diga que você tem a vibrolâmina na sua manga — disse Typho, de sua posição, pressionado contra a rampa. O canhão da nave estava voltado para a direção errada.

— Você acha que Dormé me deixa sair de casa sem uma? — Padmé respondeu.

— Vou atrair os disparos e abater os droides de combate — falou Typho. — Corra atrás do destróier e acerte o processador usando a vibrolâmina.

Aquilo foi, sem dúvida, a coisa mais perigosa que ele já havia sugerido que ela fizesse. E ela estava pronta para se mover sem nenhuma hesitação.

— Estou pronta! — ela exclamou de volta.

Typho soltou um grito alto e desceu a rampa correndo. Ele virou à esquerda assim que saiu, chamando a atenção dos droides para longe de onde Padmé estava agachada. Ele atirou contra os droides de combate enquanto corria, e o destróier seguiu seus movimentos, girando lentamente sobre seu eixo.

Padmé esperou o máximo que podia, depois correu na direção do destróier. O chão estava escorregadio com graxa e sujeira, mas ela não se preocupou em perder o equilíbrio. Usou a graxa para sua vantagem, deslizando sob o corpo do destróier. Mesmo correndo, ela passou devagar o bastante para atravessar o escudo. Antes que o destróier pudesse ajustar a mira de suas armas, ela enterrou a vibrolâmina em seu núcleo processador. O droide aracnídeo entrou em curto, e ela golpeou mais algumas vezes até o droide tombar de lado em uma chuva de faíscas e cair sobre Padmé.

— Milady! — Typho chegou ao seu lado em um piscar de olhos, puxando metal em todas as direções em um esforço frenético para tirá-lo de cima dela. Levou um momento, mas com os dois trabalhando, ela conseguiu se livrar.

— Estou bem, capitão — assegurou ela, olhando diretamente em seu rosto. Ela sabia que ambos estavam pensando sobre Cordé, queimada e morrendo na plataforma em Coruscant.

— Pensei que... — disse ele. — Eu me lembrei.

— Eu sei. Estou bem. Nós dois estamos bem. E não estou com pressa de fazer isso de novo.

Houve uma enorme explosão na parte de trás da fazenda, então o Comandante Sticks chamou no canal de comunicação.

— Transporte Um, Transporte Um, precisamos de extração. — O comunicador zumbiu. — Transporte Um, você vem nos pegar?

— Estamos a caminho — disse Typho.

Ele puxou Padmé pela rampa até seu assento do deque de voo. Suas pernas haviam começado a tremer. A confiança que sentiu no calor do momento começava a sumir agora. Ela forçou a si mesma a se concentrar. Ainda havia trabalho a fazer. Mal tinha acabado de apertar o cinto de segurança quando Typho decolou, sem se dar ao trabalho de retrair a rampa. Um rápido voo os levou sobre o edifício em chamas, e eles facilmente enxergaram os clones sob a luz do fogo. Todos os cinco alvos estavam com eles.

Typho baixou a nave, sobrevoando acima do chão enquanto os clones moviam os prisioneiros resgatados pela rampa e depois também subiam por ela. Padmé ouviu o som de passos se aproximando. O tempo estava se esgotando.

— Decole agora! — veio a ordem do Comandante Sticks.

Typho ergueu o nariz da nave bruscamente. O metal rangeu quando a rampa tentou se fechar apesar do movimento, e então eles estavam em segurança.

— Vamos combinar de nunca mais fazermos isso correndo — falou Padmé, com o coração acelerado.

— Concordo — disse Typho. Suas mãos ainda seguravam os controles com toda a força.

— Vou checar se todos estão bem — avisou Padmé.

— Estaremos de volta na casa da magistrada em quinze minutos — informou Typho. — É um voo direto.

Padmé colocou a mão em seu ombro quando passou por ele. Typho finalmente soltou os controles e apertou sua mão. Da última vez em que tinham estado em uma missão secreta juntos, a missão terminara em mortes. Eles não conversavam sobre isso, ao menos não um com o outro, mas os espectros de Cordé, Versé e os outros assombravam suas mentes. Os demônios nunca seriam totalmente exorcizados. Eles sempre se perguntariam o que poderiam ter feito diferente, como poderiam ter salvado seus amigos.

Mas a missão tinha sido um sucesso. Não haviam deixado o medo incapacitá-los. Eles tinham confiado um no outro. E cumpriram sua tarefa. Agora faltava apenas uma rápida parada para deixar aquelas pessoas em casa, então seguiriam seu caminho.

A cena na casa da magistrada era de uma alegria discreta quando Padmé retornou com Typho e o restante do grupo. O hospital improvisado e o refeitório comunitário ainda marcavam o lugar, mas a atmosfera havia mudado. A esperança havia sido restaurada. Era muito diferente da formalidade forçada e vaga relutância com as quais Jamillia e Antraya se cumprimentaram quando Padmé e Anakin as reuniram. Mas não era menos importante, politicamente falando, do que tinha sido aquela missão.

Padmé observou a magistrada abraçando a neta e sua esposa, depois puxando todas as crianças para perto. Ela sabia que estavam conversando entre si, mas não queria bisbilhotar. Sabia melhor do que ninguém o que uma pessoa podia dizer no calor de um perigoso e emocional momento.

— Obrigado — disse o Mestre Jedi Sivad, aparecendo ao lado de Padmé junto com um pequeno Ithoriano que Padmé entendeu ser seu Padawan. — Os Jedi atravessam um difícil caminho neste momento, e fico feliz em saber que você caminha junto conosco.

Ele parecia tão calmo que Padmé legitimamente não conseguia dizer se ele a reconhecia ou não. Ela não o conhecia, mas os Jedi tinham sua própria maneira de compartilhar informações. Ela decidiu não perguntar. Servia melhor para todos os propósitos que seu disfarce permanecesse intacto, mesmo com aqueles que ela poderia se associar de outra forma.

— Sim, obrigada a vocês dois — disse a magistrada. — Nós fizemos uma arrecadação para pagar pelo resgate. Não temos muitos créditos da República, mas…

— Não — recusou Typho, antes que Padmé pudesse intervir. — Resgatar pessoas por dinheiro não é algo que eu faço. Não é algo que nós fazemos.

— Vocês ficarão aqui agora? — perguntou Padmé. — Você vai manter sua família próxima para que isso não aconteça de novo?

— Nós destruímos o arsenal e as estações de recarga dos droides — afirmou o Comandante Sticks. — Não sei quantos droides de combate eles ainda possuem, mas mesmo com backups solares, eles logo ficarão sem energia. Talvez uma semana, no máximo. Podemos definitivamente segurá-los por esse tempo.

— Mas o que vai acontecer depois disso? — questionou Padmé. — Sua companhia será enviada para outro lugar, correto?

— Isso é verdade — disse o General Sivad. — Este posto não foi planejado para ser permanente.

— Bem — começou a magistrada, lentamente —, imagino que nós poderíamos nos juntar à República.

Ela não parecia muito entusiasmada com a ideia. Os outros na sala fizeram sons que expressavam uma vaga desconfiança e até uma recusa direta. Era uma boa solução, e a única que Padmé podia enxergar, mas mesmo com sua convicção sobre a galáxia ser um lugar melhor se estivesse unida, aquela não era a maneira como ela gostava de ganhar aliados.

— Eu posso… — Padmé começou a dizer, então Typho tossiu discretamente. — Conheço uma pessoa — ela se corrigiu. — Será apenas o início do trabalho, mas você ganhará tempo e terá direito a proteção completa da República mesmo durante as conversas preliminares.

O Jedi a olhou atentamente, mas não disse nada. Aquilo sem dúvida não era algo que uma mercenária comum saberia ou seria capaz de prometer, e ele sabia disso. Ele assentiu para ela e pousou a mão sobre o ombro de seu Padawan.

— Muito bem — respondeu a magistrada. — Vamos abrir as negociações.

— E será minha honra protegê-la em nome da República — disse o Comandante Sticks.

— Vocês podem ficar? — perguntou uma das crianças que eles haviam salvado. Todas as três olharam para Typho como se ele fosse uma das pessoas mais interessantes que já tinham visto. Às vezes, os adultos se sentiam desconfortáveis com seu tapa-olho, mas as crianças nunca ficavam com medo dele, algo que Padmé sabia que divertia muito Dormé.

— Infelizmente, não — falou ele. — Já estamos atrasados para voltar para nossa nave.

O Comandante Sticks e o Jedi os acompanharam de volta para o transporte, dando à magistrada um tempo sozinha com sua família.

— Suspeito que nem tudo é o que parece — disse o Comandante Sticks ao se despedir quando eles chegaram na plataforma. — Mas vocês claramente estão do lado certo e espero que nossos caminhos se cruzem de novo.

— Boa sorte, comandante — desejou Padmé. Ela inclinou a cabeça levemente na direção do Jedi. — Mestre.

— Que a Força esteja com vocês — Sivad disse.

A porta da plataforma se fechou, e Typho conduziu o transporte gentilmente até o espaço. Padmé não via a hora de relaxar de volta na *Namrelllew*. Seu traje de piloto era confortável, mas não havia sido criado para deslizar pelo chão de plataformas de aterrissagem, e agora ela se sentia coberta de graxa.

— Não vai acabar nunca, não é mesmo? — falou Typho. Não foi realmente uma pergunta, mas Padmé o respeitava demais para não dar uma resposta.

— Não — disse ela. — Nunca acaba. Os combatentes mudam, e eu entenderia se você quisesse parar de lutar e voltar para Naboo para se casar, ou começar uma fazenda de orquídeas, ou algo assim. Mas isso? Fazer o que é certo para ajudar pessoas necessitadas? Isso nunca acaba.

— Só posso falar por mim mesmo — declarou ele. — Mas ficarei com você até quando precisar de mim.

— Obrigada, capitão — disse Padmé.

A *Namrelllew* apareceu na janela frontal e Typho sinalizou que eles estavam prontos para atracar. As comportas se abriram para recebê-los, e Typho conduziu o transporte para uma aterrissagem segura.

Idda esperava por eles, ansiosa para fazer qualquer manutenção que o transporte precisasse.

— Marcas de carbono? — ela questionou com um tom acusatório quando viu as pequenas marcas que o transporte sofrera durante o resgate. — Apenas entrega, e acabaram com marcas de carbono?

— A situação se complicou um pouco — explicou Typho. — Foi por isso que seus capitães nos contrataram para cuidar da entrega em vez de pedir a você.

Aquela resposta não acalmou Idda nem um pouco. Ela piou para ele em seu próprio dialeto, e Padmé não precisava de um droide de protocolo para saber que ela estava usando uma linguagem escandalosa.

— Eu ajudo você a limpar — Padmé ofereceu, esperando que isso fosse acalmar a pequena ave.

— Não, não — respondeu Idda. — O transporte é meu. Vocês vão se limpar.

Ela voltou para seu trabalho, já cantando aquela mesma canção sobre peixes de novo. Era um tanto grudenta. Se continuasse assim, Padmé nunca conseguiria tirar aquela canção da cabeça. Escapar era a única opção.

— Vou fazer o relatório para os Wookiees — comunicou Typho. — Com sorte, eu esbarro em Iffy a caminho do deque de voo.

— Obrigada, capitão — disse Padmé. — Estou mesmo sentindo que preciso de um banho.

Ela foi até sua cabine e colocou as camadas externas do uniforme de piloto na máquina de lavar enquanto tirava a graxa de sua pele. Era impossível se limpar totalmente sem um banho completo, mas pelo menos Padmé se sentia melhor assim. Ela podia esperar até a hora de receber sua ração para fazer o restante.

Ela vestiu de novo a túnica e a calça quando secaram e apertou o cinto. Queria dormir agora que sua adrenalina havia baixado, mas algo lhe dizia que não conseguiria. Eles ainda não tinham se encontrado com o contato que passara a informação para o Conselho Jedi. E seu tempo a bordo estava quase terminando.

Ela abriu a porta para checar se Typho já havia voltado e se deparou com G-1FY esperando por ela.

— Senadora — disse o droide. Ela quase perdeu o fôlego. — Poderia me acompanhar, por favor?

CAPÍTULO 22

Os generais Jedi estavam muito dispersos no início da guerra, e muitos foram chamados de volta ao Templo para avaliação e realocação. O Chanceler Palpatine desejava aproveitar a volta dos Jedi para Coruscant a fim de que se reunissem com membros do Senado. Já que uma festa não era do gosto dos Jedi e a agenda do Senado já estava cheia de reuniões diárias, foi decidido que um grupo de senadores faria uma peregrinação para o próprio Templo Jedi. A Senadora Amidala estava, naturalmente, entre os selecionados para participar.

Sabé não estava ansiosa para encontrar Anakin Skywalker de novo. Ele a deixava desconfortável, e ele quase certamente era capaz de se atrapalhar e estragar seu disfarce. O Mestre Kenobi também era uma ameaça, embora menor. Ela já o havia enganado antes, e era menos provável que ele fosse desmascarar seus segredos em público.

Acabou não sendo muito um problema. Em vez de conversas formais, os Jedi preferiam uma abordagem mais suave quando se tratava de relatórios militares. Os senadores foram levados para um dos jardins do Templo e conduzidos entre os Jedi e Padawans reunidos ali, fazendo perguntas para quem achassem melhor. Foi fácil para Sabé evitar os Jedi com quem não gostaria de falar e buscar conversas mais atraentes.

— Mestra Billaba, fico feliz em ver que está bem — Amidala cumprimentou sua velha aliada. Sabé já tinha voado com ela uma vez, mas até onde Depa Billaba sabia, ela havia passado mais tempo com Padmé na missão em Bromlarch. — É bom ver uma Jedi que foi poupada do combate em Geonosis.

— Não escapei da luta por muito tempo — respondeu Depa Billaba. — Mas aquele combate foi particularmente difícil. Foi graças à atenção especial da Padawan Barriss Offee que os feridos se recuperaram tão bem.

A Padawan em questão se aproximou delas quando seu nome foi mencionado, e Sabé não precisou revelar que não sabia quem era a garota.

— Padawan — ela disse como forma de saudação. — Você também esteve em Geonosis, correto? Desculpe por estar sendo tão vaga. Tudo ainda é um borrão em minha mente.

— Sim, eu estive — confirmou Barriss. — Com a Mestra Unduli.

— E você já participou de mais algum combate desde então? — Sabé perguntou.

— Não — disse Barriss. — Não tenho medo de lutar, mas não quero lutar em uma guerra.

— Essa é uma sábia resposta — avaliou Sabé. — É o tipo de coisa que eu gostaria de ouvir de um Jedi.

A garota pareceu ficar desconfortável, seu olhar deslizando para Billaba na ausência de sua própria Mestra.

— Está tudo bem, Padawan — tranquilizou Depa. — Os senadores vieram ouvir nossas opiniões.

— Vou evitar lutar o máximo que conseguir — prosseguiu Offee. Ela olhou Sabé diretamente nos olhos. — Minha Mestra me treinou para lutar, e sou boa nisso, mas prefiro trabalhar no centro médico. A situação na arena em Geonosis foi muito difícil e preciso admitir que fiquei com medo.

— Não acho que isso seja uma coisa ruim — disse Sabé. — Se precisamos que os Jedi lutem, também precisamos que eles curem na mesma medida.

— Eu tive problemas para dormir depois — Barriss continuou. — Vários Jedi se feriram e eu me voluntariei para vigiar a clínica do Templo à noite, embora não seja realmente necessário.

— Não existe nada que os Jedi possam fazer depois de uma luta para se recuperar? — perguntou Sabé.

— Muitos meditam — disse Barriss. — Mas minha mente estava muito barulhenta. Eu não conseguia me concentrar. Alguns de nós se recuperam descendo até os andares das crianças, onde os jovens Jedi aprendem e treinam. Achamos relaxante ensinar as crianças ou ouvi-las brincando.

— Mas você não achou relaxante? — indagou Sabé.

— Não, senadora. — Barriss olhou para Depa de novo, mas a Mestra Jedi não interveio. — Foi difícil. Não sou muito mais velha do que alguns deles. Os Mestres haviam descido para assisti-los treinando, e eles estavam muito animados com a ideia de serem escolhidos como Padawans. Eu queria dizer a eles que a guerra não é algo para ficar entusiasmado, que é terrível e que eles eram jovens demais, mas os Jedi foram nomeados generais dessa guerra e nós precisamos servir.

— Eu tinha quatorze anos quando lutei por meu planeta — contou Sabé. — Mas aquilo acabou rápido.

— E mesmo assim causou um estrago — afirmou Barriss.

— Sim — Sabé respondeu. — Muitos dos meus amigos agora possuem cicatrizes, visíveis ou não.

— Eles merecem algo melhor — disse Barriss. — Todas aquelas crianças merecem algo melhor do que eu vi lá fora.

— É verdade — concordou Sabé. — E acho que os seus sentimentos fazem de você a pessoa perfeita para se certificar de que eles tenham isso.

— Chegará um momento em que seremos chamados para fazer algo que vai contra nossa natureza — falou a Mestra Billaba. — Quando acontecer, precisamos estar abertos para as possibilidades.

— Eu estarei, Mestra — disse Barriss.

Sabé não achava que aquele fosse exatamente o tipo de conforto que a Padawan precisava, mas não cabia a ela intervir. Barriss parecia perturbada, sem saber o que deveria estar fazendo. Sabé entendia esse sentimento. Ela também não se sentia adequada para a guerra, ou ao menos não para o tipo de guerra que estava sendo travada nos andares superiores de Coruscant. E tinha a liberdade de ir embora, quando chegasse o momento. Barriss Offee era uma Jedi, e isso não era algo fácil de se abandonar. Embora, ela sabia, existisse ao menos um Jedi que desrespeitava as regras. Ela torcia para que Barriss encontrasse equilíbrio e uma forma de servir. Sabé torcia para que a mesma coisa acontecesse com ela própria.

Ela deixou a Mestra Billaba conduzi-la para onde um Mestre Jedi chamado Plo Koon discutia as táticas que seu esquadrão de soldados clone, chamado Wolfpack, empregava.

— Quanto mais individualidade os clones mostram, melhor funciona a unidade — explicou Plo Koon. — É o contrário daquilo que os Kaminoanos disseram para nós, mas é inegavelmente verdade.

— Com você eu concordo — disse o Mestre Yoda. — Indivíduos eles são, e tratá-los como tal nós precisamos.

Um enorme Jedi com um rosto vagamente reptiliano fez um som depreciativo, mas não disse nada. Poucas pessoas, mesmo Mestres Jedi, discutiam com Yoda.

— Senadora Amidala. — Anakin Skywalker apareceu ao seu lado. Sabé olhou feio para ele, mas Anakin fingiu não notar. — Tenho informações sobre a Orla Média, se quiser ouvir.

Era uma desculpa obviamente fraca, mas ninguém comentou. Sabé foi com ele para o lugar no jardim onde uma dúzia de árvores em miniatura se banhava no sol. Ela estava silenciosamente furiosa. Estava ali para ganhar conhecimento, não para passar recados entre sua amiga e o impetuoso Jedi.

— Eu queria me desculpar pela maneira como a tratei naquela noite, no apartamento de Padmé — falou Anakin. Sabé ficou agradavelmente surpresa. Não esperava um pedido de desculpas e, olhando em seu rosto, estava claro que ele havia pensado muito sobre isso. — Fui surpreendido e fiquei um pouco desapontado, e acabei reagindo mal.

— Obrigada — disse ela. — Eu aceito seu pedido de desculpas.

Anakin riu tristemente e, pela primeira vez, Sabé avistou em seu rosto sombras do pequeno garoto que ele um dia havia sido. Estava muito bonito, agora que havia crescido.

— Sei que nunca seremos exatamente amigos — ele continuou. — Mas nós dois gostamos muito dela. Você arriscou sua vida por ela mais de uma vez, e faria de novo. Você a protege de um jeito diferente do meu, e de maneiras que eu não consigo. Podemos pelo menos declarar uma trégua?

E ele também era charmoso. Havia uma estranha sinceridade em Anakin que logo fez Sabé entender a verdadeira razão para Padmé se apaixonar por ele. Você podia dizer muitas coisas sobre Anakin Skywalker, mas era provável que ele fosse a pessoa mais genuína de toda a galáxia.

— Trégua — concordou ela. — E obrigada por protegê-la quando eu não posso.

— Esse é o meu papel — disse Anakin. Ele colocou as mãos atrás das costas e sorriu para ela, descarado e honesto.

A verdade sobre tudo aquilo atingiu Sabé de uma vez.

— Ela se casou com você — constatou Sabé. — Não é apenas um caso. É um relacionamento permanente.

De imediato, Anakin voltou a ficar na defensiva, a trégua evaporando no primeiro teste.

— Ela faz suas próprias escolhas — disse Anakin. — Você sabe disso.

Ele andou a passos pesados de volta para o Templo, passando direto por Obi-Wan Kenobi quando seu Mestre tentou que falasse com Bail. Sabé mal o observou indo embora. Ela ergueu todas as suas defesas, todos os truques e técnicas para esconder suas emoções e se manter firme em público, enquanto, por dentro, ela estava furiosa. Padmé realmente tomava suas próprias decisões, mas aquilo era algo enorme, e ela fizera isso sem envolver Sabé de *nenhuma* maneira. Isso a fez se sentir vulnerável e supérflua, e Sabé não gostava dessa sensação.

— O Jedi Skywalker está bem? — perguntou o Chanceler Palpatine, aparecendo do nada e parecendo preocupado.

— Sim — respondeu Sabé, odiando Anakin por precisar dar cobertura para sua mentira. — Ele acabou de se lembrar que tinha uma sessão de treinamento programada. Com sabres de luz.

Não foi sua melhor desculpa, mas o chanceler não pareceu se importar.

— Poderia me acompanhar em uma caminhada? — Ele estendeu o braço e ela não teve escolha a não ser aceitar.

— É claro — disse ela, e pousou a mão levemente sobre a manga da camisa do chanceler. O tecido deveria parecer familiar, mas Palpatine já havia parado de usar as vestes de Naboo há muito tempo. A diferença era inteiramente superficial, mas Sabé a sentiu mesmo assim.

Quando você andava com o chanceler, as pessoas abriam caminho. Era sutil, mas acontecia. Sabé não gostava de como as pessoas o tratavam com tanta deferência. Parecia estranhamente artificial, como se elas se movessem antes de suas mentes decidirem fazer isso. Ele era um oficial do governo digno de respeito, é claro, mas também eram todos servidores públicos ali.

— Temo que estamos no início de um momento importante, minha querida — começou Palpatine enquanto caminhavam. Ela sabia, sem sombra de dúvida, que o chanceler sabia exatamente com quem estava falando. — Tudo vai mudar. O caos baterá à porta, e caberá ao Senado manter essa porta fechada.

Ela já sabia disso. Sabé vivera a situação quando Naboo havia sido ocupada, e fazia seu melhor para conter a maré trabalhando em Tatooine. Aquilo que os políticos em Coruscant enxergavam como uma longínqua interrupção ou um soluço processual, ela havia vivido pessoalmente. Suas botas ainda tinham areia para provar. Palpatine podia dizer o que quisesse, mas não seria em Coruscant que o trabalho seria feito.

— Vou contar com você ainda mais nos próximos dias, senadora — afirmou Palpatine. Aquilo também era uma mensagem. Se ela ficasse, haveria muitos outros dias como aquele. — A sua presença constante aqui no Senado me lembra daquilo pelo que lutamos, aquilo que tentamos alcançar.

Aquilo era demais. Entre a revelação sobre o relacionamento de Padmé com Anakin e a maneira condescendente como o chanceler a olhava agora, Sabé sentiu que havia paredes se fechando sobre ela. Uma escuridão a puxava para baixo, e o desespero crescia em sua alma por uma razão que ela não conseguia identificar exatamente. Ela lutou contra isso. Era um peso desconfortável em seu peito, mas ela se esforçou para afastá-lo.

— Obrigada, chanceler — disse ela, sua voz cuidadosamente medida. Era quase a voz da rainha, algo que ela não usava há anos. — Darei o melhor de mim.

— Eu não poderia fazer isso sem você, minha querida — asseverou Palpatine. Ele sorriu afavelmente e tocou em sua mão. Foi extremamente irritante. — Agora vou deixar você voltar para os Jedi.

Ele a deixou ao lado de um pequeno lago no jardim do Templo. O som da água pingando ajudou a controlar sua respiração. A luz refletida na superfície da água puxou sua imaginação para coisas mais luminosas. A escuridão e o desespero se foram, mas ela se lembrava da sensação bem demais.

— Milady? — Moteé apareceu para ver como ela estava.

— Só um pouco de tontura — disse Sabé. — Deixei de almoçar outra vez.

Moteé sabia muito bem que isso não era verdade, mas entendeu o sinal de forma tão clara quanto a luz do sol.

— Quer ir embora? — Moteé perguntou. Ela tinha no mínimo uma dúzia de desculpas já prontas, caso algo fosse necessário. As damas de companhia de Amidala estavam sempre, sempre prontas.

— Não — Sabé respondeu depois de um momento. — Há muito para se aprender aqui. Só preciso de um instante.

Moteé assentiu e ficou com ela até Sabé se sentir pronta para voltar para a multidão. A estranha sensação havia passado completamente agora e parecia que mais ninguém tinha sido afetado. Talvez fosse o desconforto de Anakin se projetando sobre ela ou algum truque mágico do Templo. Ela sabia, de fato, que a Força era limitada, mas tinha apenas uma vaga ideia do que podia fazer. Com certeza ali, no centro Jedi em Coruscant, poderia surgir algum arroubo de poder insurgente de tempos e tempos.

Mas pareceu tão escuro, e os Jedi supostamente representavam a luz. De qualquer maneira, Sabé agora tinha certeza absoluta de que seu tempo em Coruscant estava chegando ao fim. Quando Padmé retornasse, elas teriam uma conversa, mas Sabé não fazia ideia do que aconteceria depois. Isso a aterrorizava mais do que a escuridão, aquele abismo de incertezas em seu futuro.

Sabé olhou de volta para o pequeno lago e sentiu seu centro voltando a se equilibrar. Não poderia ficar ali, nem mesmo por Padmé.

E ela não fazia a menor ideia de como contaria essa novidade para a melhor amiga que já tivera.

A Senadora Amidala ficou indisposta por apenas um momento. Com exceção de sua sempre presente dama de companhia, apenas uma outra pessoa no jardim havia notado. Ele a observou voltando para a multidão, ouvindo cada Jedi enquanto contavam histórias sobre seu trabalho com os clones e o combate contra os Separatistas. Ela ouvia atentamente e fazia perguntas inteligentes, como todos esperavam. Ela não deu indicação nenhuma de que, meros momentos antes, havia sentido qualquer coisa estranha.

Ele não ficou surpreso por ela se recuperar quase imediatamente, é claro. A maioria das pessoas se recuperava. Mas as sensações continuavam de maneiras que nem sempre eram notadas. Maneiras que podiam ser exploradas mais tarde. A semente da ideia já estava ali: a dúvida e a insegurança. Ele apenas esperou pelo momento perfeito, então se certificou de que certas forças crescessem dentro dela.

O Chanceler Palpatine observou a Senadora Amidala circulando entre as pessoas, sua expressão tão neutra e educada quanto pudim de apioc. Apenas a mais leve contração de sua boca o denunciava, e ninguém o olhava por tempo suficiente para notar.

A água no pequeno lago brilhante secou, e não importava o que os jardineiros dos Jedi fizessem, eles nunca conseguiram enchê-lo de novo.

CAPÍTULO 23

PADMÉ SEGUIU G-1FY PELO corredor porque realmente não tinha escolha. Ela nem teve tempo de costurar a vibrolâmina de volta na manga de seu uniforme. Ela poderia dominar o droide facilmente, a menos que ele a eletrocutasse, mas sabia que não conseguiria derrubar nenhum dos Wookiees sem uma arma. Mas G-1FY não a conduziu na direção do deque de voo. Ele a levou para uma pequena sala do outro lado do refeitório. A placa na porta dizia MANUTENÇÃO, e Padmé nunca precisou entrar ali.

— Se não se importar, senadora — G-1FY disse educadamente.

— Por que você está me chamando assim? — ela perguntou, mais para ganhar tempo do que qualquer outra coisa.

— Porque esse é o seu título — G-1FY retrucou. — Embora eu tenha descoberto isso apenas recentemente. Não acredito que os capitães me fizeram servir a você um jantar horrível com aquela criaturinha na mesa jogando ervilhas em mim. Quanta indignação!

— Eu gostei muito da sua comida — contou Padmé, sincera. Não era culpa do droide que ele pudesse ser reprogramado.

— Ah, isso é muito gentil da sua parte — G-1FY falou. — Eu... mas estou me distraindo. Por favor, se você puder entrar aqui, há uma pessoa que gostaria de conversar com você. Prometo que estará muito segura.

Padmé não tinha muitas opções. Ela sabia que a sala só podia ser muito pequena, mesmo para o padrão dos Wookiees. Se fosse o caso de uma luta corpo a corpo, ela não era a mais forte, mas também não tinha medo de lutar sujo.

— Certo — disse ela. Padmé se endireitou e, pela primeira vez desde que saíra de Coruscant, assumiu a postura completa da Senadora Amidala. — Abra a porta, Iffy.

Do outro lado da porta, havia o fraco brilho azul de um holograma, o que já garantia alguma segurança. Um holograma não poderia causar qualquer dano físico. Padmé entrou na sala e G-1FY fechou a porta atrás dela. Quando seus olhos se ajustaram, o contorno da figura e sua espécie se tornaram mais claros.

— Ah, Senadora Amidala — disse uma pastosa voz Neimoidiana. — Eu esperava mesmo que fosse você.

Typho não conseguia abrir sua porta. Agora que tinha entregado seu relatório e se limpado, tudo que queria era um pacote de ração do refeitório e uma soneca em sua cama, mas a porta estava emperrada. O painel de controle respondia, a trava era ativada, mas a porta não abria. Nem mesmo jogar o peso de seu ombro contra a porta algumas vezes a fez se mexer. Ele havia começado a procurar seu blaster ao redor quando o sistema de comunicação do quarto foi ativado.

— Capitão Typho, por favor, não se aflija — disse G-1FY. — Meu empregador requer alguns momentos para conversar sozinho com a senadora; sendo assim, eu tranquei seu quarto por enquanto. Recomendo começar seu período de descanso mais cedo.

A mente de Typho focou na palavra mais importante que o droide havia dito, e ele sentiu um crescente pânico.

— "Senadora?" — ele exigiu saber. Ele jogou seu ombro mais uma vez contra a porta, que não se moveu.

— Ora, meu caro — disse G-1FY. — Sim, meu empregador está ciente da sua identidade, e eu também. Eu lhe garanto que ela está muito segura. É meramente um holograma.

— Então, por que você me trancou aqui? — Typho pontuou a frase chutando a porta com o máximo de força que conseguia. Mesmo assim, nada.

— Imaginei que você reagiria mal — observou o droide. — Pelo visto, eu não estava errado.

— Vou mostrar a você o quanto está errado — Typho retrucou.

A resposta de G-1FY foi abafada pelo som de metal sendo retorcido. Typho afastou-se da porta quando faíscas voaram, então a coisa toda caiu para dentro do quarto, revelando Idda, pendurada no batente com um maçarico nas mãos e rindo de um jeito maníaco. Ela cortou diretamente o metal para superar a tranca do droide.

— Capitão, por favor — G-1FY apareceu no corredor. — Eu prometo, tudo está bem.

— Trancar minha porta não me inspira muita confiança em você, droide — disse Typho. Ele olhou para Idda, que havia descido de volta ao chão. — Obrigado, pequenina.

Idda mostrou sua longa língua para G-1FY e fez um barulho rude. Então, olhou para Typho e ergueu os braços para ele. Typho a apanhou e a colocou sobre seu ombro. Então, ele seguiu pelo corredor, tirando o droide de seu caminho quando tentou bloqueá-lo.

— Você sabe onde ela está? — Typho perguntou.

— Perto do refeitório — disse Idda. — Na outra porta.

Typho correu o mais rápido que podia, com G-1FY gritando atrás dele.

— O que você quer, Neimoidiano? — perguntou Padmé. Ela se surpreendeu com o veneno em sua própria voz. Já haviam se passado dez anos desde a Ocupação, mas houvera várias ameaças à sua vida desde então, e a Federação de Comércio tinha estado no centro de todas elas. Padmé trazia cicatrizes em suas costas e abdômen de sua mais recente tentativa, e Nute Gunray havia alegremente comemorado quando aconteceu.

— Apenas uma conversa — o Neimoidiano disse. Ele ergueu as mãos ao lado do rosto, os dedos abertos. — É por isso que estamos conversando via holograma. Não estou nem um pouco perto de você agora. Não sou uma ameaça. Eu apenas gostaria de me explicar.

Padmé respirou fundo e tentou controlar seus pensamentos. Ela *sabia* que quem quer que fosse o informante entraria em contato em algum momento. Só não estava preparada para aquilo. Precisava se controlar — devia isso ao Senado. Devia a si mesma.

— Eu vou ouvi-lo — concordou ela. Sua voz mais uma vez voltou a ser formal e educada.

— É só isso que peço — emendou o Neimoidiano. Ele tirou um último momento para preparar seus pensamentos, então começou: — Meu nome é Oje N'deeb. Creio que quase nos encontramos em Nooroyo não muito tempo atrás. Sou o maior acionista em uma empresa que controla, bom, a maior parte do comércio na Orla Exterior no momento. O comércio legal, de qualquer maneira. Os Sindicatos e o restante da Federação de Comércio não deixaram que a guerra os afetasse.

— Imagino que não — disse Padmé.

— Eu represento um grupo do meu povo que busca reparar o dano causado por nossos colegas — N'deeb continuou. — Nós não participamos ativamente do bloqueio ao seu planeta dez anos atrás, embora não tenhamos feito nada para impedi-lo, e não participamos de nenhum comércio de armas ou manufatura desde então.

Nossos interesses são puramente nas áreas agrícola e médica, principalmente bens de menor valor que não dão lucro suficiente para interessar ninguém com tendências criminosas.

— E então, a guerra estourou e você acabou no comando de uma das rotas de comércio mais importantes da Orla Exterior — resumiu Padmé. Ela sabia quão rápido as coisas podiam mudar.

— Correto, senadora. — N'deeb piscou várias vezes. — Diferente dos meus concorrentes, não aumentamos o lucro dos nossos produtos. Nós nos concentramos em vender para planetas e sistemas que são simpáticos à República ou que estão sob ataque das forças Separatistas. A mais recente viagem a Hebekrr é um exemplo do que estamos fazendo agora.

— Por pura bondade do seu coração? — questionou Padmé, um cinismo não característico marcando seu tom de voz.

— Não exatamente, é claro — confessou N'deeb. — Os créditos se acumulam e nossos investimentos são de tão baixo risco que quase nunca perdemos dinheiro. Mais importante, queremos provar ao Senado, e especificamente para você, que estamos falando sério.

— Sério sobre o quê? — perguntou Padmé.

— Queremos substituir Lott Dod no Senado com alguém de nosso grupo — afirmou N'deeb. Um turbilhão de pensamentos passou pela mente de Padmé. — Não serei eu. Tenho esqueletos demais no meu armário, mesmo para um Neimoidiano. Mas queremos que nosso povo seja representado por alguém... bom, por alguém diferente.

— Uma Federação de Comércio simpática à República seria uma grande ajuda — afirmou Padmé. As possibilidades eram infinitas. — E o dano à causa Separatista seria imensurável.

— Nós sabemos — disse N'deeb. — Nosso principal problema é primeiro convencer o Senado de que estamos falando sério, depois cuidaremos de nossas questões internas.

— É por isso que vocês precisavam de mim — concluiu Padmé. — De todos os senadores da galáxia, se vocês conseguissem o meu apoio, suas chances aumentariam dramaticamente.

— Exato — confirmou ele. — E temos o seu apoio?

Seria tolice dispensá-lo diretamente. No mínimo, Padmé deveria apresentar a ideia para sua facção. Bail aproveitaria a oportunidade, e Mon Mothma gostaria que eles não negociassem armamentos. Padmé esperava que seus próprios preconceitos fossem transparecer, deixando-a desconfiada ou mesquinha, mas apesar de sua reação inicial, ela não sentia nada. Aquela era outra peça no tabuleiro, outro movimento que poderia dar uma vantagem para a República na guerra. Ela conseguiria fazer isso.

— Por que o chá de Karlini? — ela perguntou. Era a peça que faltava no quebra-cabeça das motivações de N'deeb.

— Alguns de nós achavam que ajudar a economia do seu sistema ajudaria a ganhar o seu apoio — ele respondeu delicadamente.

— Bom. — Padmé quase riu. — Tenho certeza de que a Governadora Kelma ficou agradecida.

— Meu droide me informa que o seu segurança está a caminho — falou N'deeb. — Deixarei as complicadas explicações para você. Iffy tem o meu contato quando você estiver pronta com uma resposta.

— Obrigada — disse Padmé. — Por tentar ser melhor.

— Às vezes, é a única coisa que resta a fazer — declarou N'deeb. Ele ficou muito solene quando disse isso, e Padmé acreditou nele.

Sua imagem se apagou, mergulhando a sala em uma total escuridão. E então, veio o som de punhos batendo na porta.

— Padmé? — Typho gritou.

— Estou bem! — ela respondeu. Ela abriu a porta e olhou para ele. Com Idda empoleirada em seu ombro foi difícil levá-lo a sério. — Estou bem, Typho.

— Ainda assim, vou matar aquele droide — Typho rosnou.

— Des-mem-bra-men-to! — Idda cantarolou, acentuando cada sílaba com grande entusiasmo. — Des-mem-bra-men-to!

— Deixem Iffy em paz — Padmé os repreendeu gentilmente. — Ele é apenas o mensageiro e eu precisava muito ouvir aquela mensagem.

— Ah, é? — surpreendeu-se Typho. Com Idda e G-1FY perto o bastante para ouvir, ele não podia ser mais específico.

— Contarei mais tarde — disse Padmé.

— Pois bem — Typho respondeu. — Eu e Idda vamos voltar para o deque de voo. Temos que relatar aos capitães sobre... hum... alguns danos.

O som da risada de Idda ecoou pelos corredores.

De volta em seu quarto, esticada sobre sua cama ridiculamente grande, Padmé tentava organizar os pensamentos em sua mente. O combate na Orla Exterior era violento e pessoal. Os Separatistas atacavam fortemente pessoas sem defesas, e a República teria dificuldades em enfrentá-los por toda parte. O exército de droides, sem alma e descartáveis, continuaria avançando a menos que eles encontrassem uma forma de cortar as linhas de suprimentos e o fluxo de créditos que entrava nos cofres da Federação de Comércio. A solução que Oje N'deeb oferecia parecia um sonho impossível, mas era real. E valia a pena lutar por isso.

Ela explicaria a realidade da situação para ele. Seria necessário muito esforço coletivo. Possivelmente anos, dependendo da progressão da guerra. Não achava que N'deeb tinha qualquer ilusão, mas queria ser honesta com ele. Sua batalha no Senado não seria menos trabalhosa. A Federação de Comércio não tinha a melhor reputação com os legalistas da República, e seria preciso mais do que algumas rotas de comércio humanitárias para convencê-los. A reputação de Padmé era forte, mas a guerra a deixava no limite.

Precisava conversar com Sabé o mais rápido possível. Sabé era muito mais prática do que ela e provavelmente enxergaria um caminho mais claro, já que Padmé estava tão acostumada em se perder nos procedimentos do Senado. Ainda bem que eles estavam voltando para Coruscant. Os Wookiees os levariam de volta e procurariam carga na capital para transportar até a Orla Exterior. Logo Padmé estaria em casa. Ela havia aprendido muito, visto muito, ali tão longe de casa. Mas era hora de voltar para o trabalho.

ERA UMA VEZ, UMA garota que assistiu um planeta morrer enquanto tentava salvá-lo, e jurou que nunca desistiria de tentar.

Ela havia acompanhado seu pai na missão de ajuda humanitária, apesar dos protestos de alguns dos organizadores mais velhos. Tinham dito que ela era jovem demais. Contava com apenas nove anos na época, mas tinha uma boa cabeça sobre os ombros, seu pai rebateu, e estava interessada no trabalho. Nunca era cedo demais para cultivar esse tipo de espírito generoso. Então, eles a levaram junto para um planeta cujo sol estava morrendo.

A garota era imensamente popular entre os refugiados. Era bondosa e acessível. Fazia amigos facilmente, e muitos dos adolescentes podiam ser encontrados trabalhando com ela para completar tarefas que poderiam ser feitas por crianças. Os refugiados mais jovens a cercavam para ouvir histórias e lendas de Naboo. Ela os entretinha por horas, liberando os adultos para trabalhar nos esforços de recuperação e realocação. Seus pais observavam com gosto, alegres em ver a felicidade de suas crianças; mas, ao mesmo tempo, o medo criava uma tensão ao redor de todos.

O sol tinha algo que eles precisavam para viver. Não podiam simplesmente ser realocados — precisavam encontrar um ambiente específico, e o tempo estava se esgotando. A garota não entendia, não inteiramente. Para ela, luz era luz. Foi só quando os adultos começaram a adoecer que a seriedade da situação se tornou real para ela. Foi só quando as crianças adoeceram em seguida que ela começou a entrar em pânico. Apesar de seu medo, ela cuidou deles, dando conforto onde podia e nunca deixando seu terror transparecer enquanto a doença se agravava.

Todos morreram. Milhares deles. Todos. Sem seu sol, eles não podiam sobreviver. Nenhum cientista conseguia reproduzir aquilo que precisavam; nenhum mundo novo podia ser encontrado para eles. Sem um porto seguro, eles se extinguiram. A galáxia era um lugar mais pobre sem eles.

A garota entrou em luto. Seu pai não sabia o que lhe dizer. Que isso às vezes acontecia. Que às vezes a missão fracassava. Ele a deixou chorar e gritar e sofrer. E quando a tempestade inicial havia passado, eles voltaram para casa juntos. Ela passava muito tempo sozinha no jardim, regando flores, cercada por coisas crescendo e vida nova. Seu pai entendia. Era importante lembrar, depois de uma tragédia como aquela que ela havia testemunhado, que a vida persistia, mesmo se sua forma fosse diferente.

Eles não falavam muito sobre aquilo, a garota e seu pai. Não quando a garota decidiu entrar para a política. Não quando ela foi eleita rainha. Nem mesmo quando deixou Naboo para servir no Senado Galáctico. Mas a tragédia sempre projetou uma sombra em seu processo de decisão. Não importava o quanto ela planejasse ou se preparasse, ela sabia que podia fracassar. Sabia que o preço poderia ser alto demais para realmente compreender. Ela já tinha aprendido que, às vezes, todo o peso da galáxia recaía sobre seus ombros.

Padmé Naberrie levantava-se da cama todos os dias e tentava de novo.

CAPÍTULO 24

PADMÉ SENTIU QUE ERA necessário se explicar para os Wookiees. No mínimo, eles mereciam saber que seu droide havia sido comprometido. Gostava genuinamente dos capitães e queria que soubessem que eles a haviam ajudado. Ela se dirigiu para o deque de voo e viu que G-1FY já estava lá, esperando por ela. Ele girava seus dedos sem jeito e parecia tão constrangido quanto era possível para um droide.

— Estou pronto, senadora — disse o droide. — Espero que eles não fiquem bravos demais comigo.

— Não foi culpa sua, Iffy — Padmé o lembrou.

Ela seguiu até onde os Wookiees se sentavam, pilotando a nave em sincronia, fruto de anos de prática. Sem os apetrechos do jantar de G-1FY, o deque de voo era um pouco menos receptivo, mas muito mais interessante. Os Wookiees alcançavam facilmente os painéis de controle que Padmé precisaria se esticar ao limite para acessar. Membros cobertos de pelo marrom se moviam habilmente enquanto a nave atravessava o espaço, sem nunca colidir ou interferir um com o outro. Piloto e navegadora, eles formavam uma perfeita equipe, cada um confiando no talento do outro para uma viagem segura e nunca duvidando de suas habilidades.

— Capitães? Vocês têm um momento? — perguntou Padmé. Voar pelo hiperespaço não requeria constante atenção quando a rota já estava traçada, mas Rayyne ficava de olho em seus sistemas o tempo todo, assim como Idda raramente se afastava dos motores.

Os dois Wookiees viraram-se para ela, e Naijoh rosnou uma afirmativa.

— Meu nome é Padmé, como vocês já sabem, mas talvez me conheçam melhor como Amidala — falou ela. — Sou uma senadora na República Galáctica do planeta Naboo. O seu empregador queria que eu conhecesse sua operação e arranjou para que eu ficasse sabendo da existência da sua rede de comércio. Decidimos olhar mais de perto e nos juntar a uma missão de transporte de suprimentos para a Orla Exterior. Nós, o Capitão Typho e eu, escolhemos sua nave porque, bom, porque parecia que vocês eram os melhores.

Rayyne bateu na parte de trás da cabeça peluda de seu marido e soltou um som que Padmé identificava como uma risada Wookiee. Padmé ficou aliviada por eles não parecerem bravos com ela. Se pudesse evitar, ela preferia não ter que lidar com Wookiees irritados.

— Ela disse que falou para ele que vocês estavam tramando alguma coisa — G-1FY traduziu. — E agora ele deve a ela...

Um rosnado de Rayyne fez o droide parar de traduzir. Não era possível para um droide ficar vermelho de vergonha, mas G-1FY conseguiu transmitir a sensação mesmo assim.

— Eu ia dizer "uma escovada" — concluiu G-1FY, de um jeito presunçoso. Rayyne riu de novo.

— Desculpem pela mentira — disse Padmé. — Antes de irmos embora, eu gostaria que vocês soubessem a verdade. Vocês fizeram um grande serviço para a República, e também para mim. Obrigada.

— A única coisa que me deixa irritado é ter que substituir vocês — prosseguiu Naijoh, falando através do droide. — Você e o Capitão Typho foram excelentes seguranças. Se algum dia quiserem voltar, é só avisar. Idda sentirá sua falta.

Padmé os agradeceu de novo e deixou G-1FY explicar seu erro de programação sozinho. Ela torcia para que ele pudesse ser consertado sem muitos problemas. Já estavam falando sobre diagnóstico antes de ela se afastar. Ele ficaria bem.

Quando voltou para seu quarto, ocorreu a ela que, já que todos na *Namrelllew* sabiam quem ela era, ela poderia acessar sua comunicação particular. Padmé já estava longe de Coruscant por tempo suficiente para que suas mensagens se acumulassem, mesmo com Sabé separando as mais importantes. Ela não poderia lidar com nada que precisasse de segurança avançada, é claro, mas poderia aproveitar a oportunidade para adiantar sua correspondência de baixa prioridade.

Ela tirou o datapad da mochila, que estava escondido debaixo de um fundo falso. A primeira mensagem que notou quando ligou o aparelho era de Bail. Teria que lidar com isso mais tarde. Havia uma mensagem de Saché marcada como de baixa segurança, e ela abriu com entusiasmo. Já fazia muito tempo que havia conversado com suas amigas. Ela se sentou com as pernas cruzadas sobre a cama e se recostou contra a parede.

A mensagem de Saché era predominantemente sobre o chá de Karlini, confirmando aquilo que Padmé havia presumido quando conversou com Oje N'deeb. Havia uma frase no fim indicando que Saché queria uma ligação de retorno, e depois de rapidamente checar as horas, Padmé estabeleceu uma conexão. Em questão de minutos, uma figura de Saché se equilibrava sobre a palma de sua mão.

— Padmé! Ainda bem que você ligou — disse Saché. — Está tudo bem?

— Sim — respondeu ela. — Acho que você e eu estivemos trabalhando no mesmo projeto, mas em diferentes pontas.

— Espere um minuto — disse Saché. — Tenho companhia.

Ela saiu do alcance do projetor e Padmé ouviu Saché dando ordens para algumas das crianças. Havia risadas ao fundo.

Padmé sentiu seu coração pesado. Um verdadeiro lar de família estava a anos de distância para ela, mas ela sabia que Anakin também queria algo assim.

— Certo — falou Saché, reaparecendo. — Mandei todos os monstrinhos para o jardim. O que você tem feito?

— Acabei em uma nave fazendo o transporte de chá de Karlini — contou Padmé. — Fiquei curiosa, porque estamos bem longe do Núcleo. Então, acabei conversando com alguém que estava, digamos, no comando, e essa pessoa admitiu comprar o chá em uma tentativa de ganhar meu apoio.

— Ganhar seu apoio? — questionou Saché. — Você tem alguma participação em Karlinus que eu não conheço?

— Acho que ele quis dizer de um jeito mais generalizado — esclareceu Padmé. — Enfim, quando eu vi a sua mensagem, achei melhor contar a você que comecei a investigar o comprador, mas ele parece ser legítimo.

— Ainda não entendi por que alguém tentaria impressionar você com o chá de Karlini — disse Saché.

— Ele é Neimoidiano — explicou Padmé. Saché levou a mão até o rosto, para as cicatrizes que marcavam sua pele. — É um grupo separado, consegue imaginar? Eles querem melhorar a imagem de toda a Federação de Comércio.

— Isso não seria nada fácil — comentou Saché. Sua voz saiu neutra. — E você... concorda com isso?

— É uma oportunidade boa demais para dispensar, ao menos politicamente — disse Padmé. — Quanto aos meus sentimentos pessoais... não espero que você vá concordar, mas talvez esteja na hora de eu superar? Nunca fiquei confortável com a maneira como os Neimoidianos me fazem sentir. E agora, pela primeira vez, quando penso neles a primeira coisa que sinto não é raiva.

Saché ficou em silêncio por um momento. Era difícil para as duas admitirem seus defeitos, e Saché ainda não estava pronta para superar sua raiva.

— Darei meu apoio a você, é claro — assegurou Saché, depois de pensar por um momento. — É que... não me convide para nenhuma festa.

— Entendido — disse Padmé. Ela bateu com os dedos sobre o colchão onde estava sentada. — O que eu não consigo entender é como a Governadora Kelma está lidando com o aumento da demanda por trabalhadores.

— Ah — falou Saché. Ela pensou um pouco enquanto tudo se encaixava. — Eu sei. Acho que o seu amigo Neimoidiano esteve libertando pessoas escravizadas e os enviando para Karlinus. Houve um significativo aumento da imigração. Kelma não investigou a fundo, porque é assim que o sistema funciona, mas ela levou a mim e a Harli Jafan para conhecer alguns dos novos cidadãos de uma forma não oficial, e todos eram de sistemas na Orla Exterior onde os Separatistas fizeram incursões.

— Ele não mencionou essa parte — contou Padmé. — Não sei por quê.

— Talvez você devesse perguntar a ele — sugeriu Saché. Aquilo não soava tão doloroso quanto poderia. — Ele está lucrando com o chá e o restante do que está vendendo, mas a única coisa que ganha da emancipação em massa é a sua atenção.

— E a reabilitação da Federação de Comércio — ponderou Padmé.

— Isso vai precisar de mais do que algumas centenas de pessoas — disse Saché. Sua voz se tornou sombria.

— Sim — Padmé concordou —, mas é um começo.

Elas conversaram um pouco mais sobre as crianças. O grupo original de adotados da Ocupação estava na escola, em sua maioria, longe de casa, naquele semestre. Saché estava muito orgulhosa deles. As novas adições de Yané para a família, os sobreviventes do deslizamento de terra, estavam se acostumando com a nova casa. Ainda tinham pesadelos, e alguns eram agressivamente claustrofóbicos, mas todos progrediam bem em direção a uma total recuperação.

— E parabéns — acrescentou Saché, com cautela. — Sobre aquela outra coisa. Com o vestido.

Padmé não conseguiu segurar o largo sorriso que se abriu em seu rosto. Nunca poderia compartilhar a novidade publicamente, mas ouvir de pessoas próximas a ela causava uma boa sensação. Ela contaria a Sabé assim que chegasse em casa. Sabé merecia ouvir em pessoa, não juntando pistas ou através da holonet.

— Obrigada — disse ela. — Yané fez um trabalho incrível.

— E você está feliz? — Saché perguntou.

— Estou — respondeu Padmé. Outro largo sorriso surgiu em seu rosto. — Sim, eu estou.

Elas conversaram sobre mais alguns assuntos desimportantes antes de uma perturbação no lado de Saché encerrar a conversa. Uma das crianças havia caído no lago, e a comoção que se seguiu foi suficiente para terminar a ligação. Mas Saché estava rindo quando se despediu, e Padmé ficou contente em ver que ela estava tão feliz. Antes que seu bom humor pudesse ser contaminado pelo cinismo, Padmé voltou a acionar seu comunicador e enviou uma chamada para Oje N'deeb.

— Senadora Amidala — disse ele, aparecendo em sua palma. Tarde demais, ela desejou estar de pé para fazer a ligação. — Imagino que chegou a uma decisão?

— Você não me contou sobre as pessoas que estava enviando para Karlinus — Padmé falou, em vez de fazer uma saudação.

— Não — respondeu N'deeb.

— Por que não?

— Você não teria razão para acreditar em mim. E achei que soaria pretensioso da minha parte.

— Você disse que foi outra pessoa quem teve a ideia de comprar o chá — prosseguiu Padmé. — Foi ideia sua ajudar as pessoas escravizadas?

— Sim, foi — N'deeb admitiu. — Seu histórico de votação é público, afinal de contas. Vários projetos de lei sobre expandir as leis antiescravidão para a Orla Exterior sem expandir a própria República fracassaram. Você votou a favor de cada um e discursou sobre esses projetos no Senado. Eu sabia que era uma causa que significava muito para você. Mais do que o chá.

— Muito mais do que o chá — reforçou Padmé. — Você está usando o dinheiro da Federação de Comércio?

— Por mais que eu quisesse, não. Os créditos são meus. O legado de minha família é, como você pode imaginar, mais do que um pouco duvidoso. Acho que é o mínimo que eu poderia fazer.

— É mais do que a maioria das pessoas faria — corrigiu Padmé.

— É exatamente o que você faria — disse N'deeb. Ele olhou diretamente para ela com uma atenção quase perturbadora, considerando que era um holograma.

— Vou levar a sua causa para o Senador Organa e o restante da minha facção — declarou Padmé. — Não imagino nenhuma circunstância na qual ele possa recusar. Ele não tem nenhuma história com a Federação de Comércio, e é muito, muito mais paciente do que eu. Mas não será fácil. Haverá uma oposição considerável de outros senadores e dos comparsas da Federação de Comércio. Quando o seu representante viajar para Coruscant, e eu sinceramente espero que viaje, ele terá uma aliada em mim.

— Obrigado, senadora — disse N'deeb. Ele piscou seus grandes olhos negros lentamente e inclinou a cabeça. — Estou ansioso para trabalhar com você.

O holograma em sua mão desapareceu quando a chamada foi desconectada, e Padmé recostou a cabeça contra o metal frio da parede da nave. O metal vibrava levemente com o funcionamento dos motores, impulsionando a *Namrelllew* através do hiperespaço, mas até mesmo isso era reconfortante. Sua missão foi altamente bem-sucedida. A República havia conquistado um poderoso aliado. Poderia ganhar todo um novo sistema. Os capitães Naijoh e Rayyne eram confiáveis para qualquer futuro transporte para a Orla Exterior. Toda a rede de Oje N'deeb estava à sua disposição. E cada novo cidadão em Karlinus era um tapa direto na cara dos traficantes.

Mas ela não conseguia tirar o cerco a Hebekrr Menor da cabeça. Não era exatamente como Saché e Yané haviam descrito os campos de concentração, mas a sensação de estar presa devia ser, pelo menos, um pouco parecida. Quantas pessoas pela galáxia estavam presas assim naquele exato momento? Quantas estavam sob ataque? Quantas estavam com fome? Quantas estavam com medo? E quão vazias deviam soar suas vitórias quando contadas a um pai que não podia cuidar de seu filho ou a uma criança cuja mãe nunca mais voltaria para casa?

Padmé não resolveria todos os problemas da galáxia — não podia. Mas não deixaria que isso a impedisse. Nunca havia deixado antes. Padmé saiu da cama e começou a arrumar suas malas. Estava voltando para casa, mas seu trabalho estava longe de acabar.

CAPÍTULO 25

ESTAVA QUASE NO FIM. Padmé e Typho estavam retornando, e logo Sabé poderia se desfazer de Amidala e voltar a ser ela própria. Embora já tivesse decidido o que queria fazer em seguida, ela se sentia ansiosa. Desconfortável. Não conseguia escapar da sensação de que estava sendo egoísta ou covarde, e não sabia se aquela pequena voz estava dizendo a verdade ou se apenas estava sendo inconveniente.

— Você precisa comer algo frito — Mariek falou enquanto Sabé andava de um lado a outro na sala de estar. Ela não conseguia se sentir confortável. — Algo que aquele droide de protocolo desaprovaria.

— Você está oferecendo um plano de fuga? — Sabé perguntou. — Porque, por mais que eu goste da ideia, acho que não consigo me concentrar o suficiente para planejar nada.

— Existe uma primeira vez para tudo — comentou Mariek. — Vá se trocar e eu cuido de tudo.

— Obrigada, Mariek — disse Sabé. A capitã da guarda assentiu.

Sabé escolheu uma de suas roupas de Tatooine. O tecido era gasto e as cores não eram chamativas. Ela se encaixaria nas partes mais decadentes de Coruscant sem chamar atenção. Passou maquiagem, usando o contorno para se certificar de que não se parecesse com Amidala ou ela própria. Quando terminou de se vestir, ela sabia exatamente aonde queria ir. Mariek não dissera nada quando Sabé contou para onde estavam se dirigindo, apenas levou uma vibrolâmina extra e checou o comunicador de emergência.

Dex não havia mudada em nada.

Sabé deslizou sobre o assento de duraplast no canto do restaurante. De lá, ela podia ver a entrada e a cozinha. Ela sabia que existiam pelo menos três outras saídas, sem contar as janelas, mas aquilo era seguro o bastante por ora. Pousou os dedos sobre a mesa e esperou a droide garçonete se aproximar para tomar seu pedido.

Enquanto esperava e ouvia, Sabé percebeu que, embora o restaurante do Dex fosse fisicamente igual a quando ela e Tonra costumavam frequentá-lo, algo *havia* mudado no cardápio. Metade estava bloqueado. Quando perguntou à droide sobre isso, ela descobriu que alguns ingredientes não estavam disponíveis e que Dex procurava novas cadeias de suprimentos agora que a guerra havia começado.

— Essa guerra é uma ameaça — comentou Dex, atrás do balcão. O Besalisk havia saído da cozinha enquanto Sabé conversava com a droide. — Tantas coisas que não conseguimos receber ou que repentinamente estão mais caras. O pessoal aqui embaixo vai sentir o aperto muito antes de o pessoal lá de cima considerar fazer qualquer coisa a respeito.

— Mas eles vão acabar cuidando disso, certo? — Sabé perguntou.

— Ah, eles vão tentar — afirmou Dex. — Vão escrever um projeto de lei e discutir sobre isso por uma semana, e talvez seja aprovado ou não, mas eu ainda estarei aqui, tentando administrar um restaurante.

Ele nunca diria em voz alta, mas não havia dúvida na mente de Sabé de que Dex se voltaria para o mercado clandestino muito antes disso. Muitas pessoas más estavam prestes a ganhar muitos créditos.

— Um caixote no lugar certo pode mudar muita coisa — Dex disse. — O pessoal lá de cima não pensa em coisas pequenas assim.

Ele levou um de seus quatro braços sobre o ombro, depois serviu o ensopado que Sabé sempre pedia. Ela sorriu. Ela deveria saber que não conseguiria enganá-lo por muito tempo.

— Obrigada, Dex.

Ele voltou para o trabalho enquanto ela comia, mas Sabé ficou pensando naquilo que ele dissera. Um caixote. No lugar certo. Padmé faria muita diferença em Coruscant, e seriam grandes diferenças. Sabé estava escolhendo outro caminho, mas seu escopo mais estreito não a deixava menos útil ou relevante. Ela podia ter menos pessoas do que Padmé, mas conheceria seus rostos.

Quando Mariek sinalizou que era hora de ir, Sabé tinha uma barriga cheia e uma mente tranquila. Ela estava pronta.

Era tarde da noite em Coruscant quando a *Namrelllew* finalmente recebeu a permissão para aterrissar. Padmé e Typho se despediram brevemente — bom, tão breve quanto era possível quando uma Mriss agarrava seu joelho e se recusava a soltar — e então contrataram um transporte particular para o edifício do Senado. O Senador Organa esperava por seu relato e ela queria entregá-lo pessoalmente em seu escritório.

O escritório de Padmé estava vazio quando ela chegou. Ela tinha alguma esperança de que Sabé e as outras ainda estivessem ali, porque queria vê-las. Porém, o dever chamava, e a reunião teria que esperar mais um pouco enquanto Padmé amarrava as pontas soltas.

Elas mantinham uma muda de roupa de emergência em um dos compartimentos no fundo do escritório. Padmé não se lembrava de qual peça tinham guardado ali, mas ficou agradavelmente surpresa ao encontrar um vestido verde-escuro que se abotoava na frente.

Pegou os sapatos combinando e o ornamento de cabeça do fundo do compartimento e então pediu licença para ir até o banheiro.

— Você precisa de alguma ajuda? — Typho perguntou. Em sua defesa, ele parecia apenas um pouco aterrorizado.

— Não. — Padmé segurou uma risada. — Este aqui foi feito para eu vestir sozinha sem ajuda de ninguém.

Ela precisou de cinco minutos para tirar o uniforme de piloto e descartar as roupas de baixo de linho. Trocar de roupa seria melhor se primeiro tivesse acesso à sua banheira, mas ela estava com pressa. Padmé puxou as novas roupas, começando com a calça leve e uma camisa por baixo. O vestido era feito de um pesado veludo verde com seda Karlini dourada. A seda havia sido costurada diretamente no tecido, em vez de ser um vestido de baixo separado, o que facilitava vestir sozinha. Ela fechou os botões dourados, calçou os sapatos também dourados e prendeu as pulseiras decorativas que cobriam do punho até o cotovelo.

Depois de desfazer as tranças, seu cabelo caiu em ondas suaves que quase pareciam terem sido feitas de propósito. O ornamento de cabeça era uma simples faixa de ouro maleável que manteria seu cabelo longe do rosto. Dormé teria prendido a maior parte do cabelo com uma rede para completar o visual, mas Padmé tinha pouco tempo. Ela se olhou no espelho quando terminou, certificando-se de que tudo estava no lugar. Não havia como negar: a Senadora Amidala estava de volta.

Em seu escritório, Typho havia encontrado uma jaqueta de uniforme extra e havia se trocado. Ele precisava se barbear, mas isso teria que esperar.

— Estou pronta, capitão — disse a Senadora Amidala. — Vamos conversar com Bail.

Àquela hora do dia, os corredores do Senado estavam praticamente vazios. Com a liberação do plenário depois dos debates, todos estavam trabalhando em seus escritórios ou já tinham compromisso para a noite. Havia droides de limpeza e o eventual droide mensageiro que reclamava quando você atrapalhava o caminho dele, mas Padmé chegou ao escritório de Bail sem ser interceptada por ninguém que quisesse conversar.

Ela bateu na porta, que se abriu imediatamente. Assentiu para Typho, que ficaria no corredor, e entrou na sala. Bail estava de pé perto da janela, sua capa azul-escura quase desaparecendo contra a noite ao fundo. Mon Mothma estava sentada diante da escrivaninha, imaculada como sempre em seu vestido branco. Para a surpresa de Padmé, o Chanceler Palpatine havia se juntado ao grupo. Ele estava ao lado de Bail e sorriu largamente quando Padmé entrou na sala.

— Senadora Amidala, fico feliz que tenha retornado — falou o Chanceler. Padmé sabia que ele não havia sido informado da missão antes de sua saída e se perguntou quando Bail havia decidido contar a ele.

— Obrigada, chanceler — disse Padmé. — É bom estar de volta.

— Fiquei bastante surpreso quando conversei com você algumas noites atrás, apenas para depois perceber que você estava em outro lugar. O Senador Organa fez a gentileza de me explicar. Imagino que sua viagem foi um sucesso?

Padmé vinha planejando dar seu relato a Bail, o que seria mais uma conversa entre amigos do que qualquer outra coisa, principalmente tão tarde no dia. Ela estava exausta, mas nunca deixara que isso a impedisse antes. Ela se preparou para entregar um relato mais formal.

— Fui a Hebekrr Menor para investigar uma informação passada para nós pelos Jedi — contou Padmé. — Um contato desejava se encontrar com um senador e, no fim, ele desejava falar especificamente comigo.

— Por que você? — Mon Mothma perguntou.

— Ele é Neimoidiano — explicou Padmé. — Ele sabia que conseguiria ganhar minha atenção.

— Neimoidiano? — repetiu Bail. — O que um Neimoidiano poderia esperar conseguir de você?

— Ele quer a vaga no Senado da Federação de Comércio que hoje está ocupada por Lott Dod — falou Padmé. — E acho que devemos ajudá-lo a conseguir isso.

Todos naquela sala eram políticos profissionais, então levou alguns segundos antes de alguém reagir.

— Você o ajudaria a ganhar poder? — questionou Palpatine. O chanceler manteve sua presença calma como sempre, mas uma estranha e discreta raiva fervia sob sua voz. — Depois do que sofremos durante a Ocupação?

— Não gostei da ideia, a princípio — Padmé admitiu. — Embora os benefícios políticos sejam óbvios. Mas ele, e sua empresa, vem tentando ativamente reparar danos na Orla Exterior. Eles não estão aumentando preços nem vendendo armas. E, acima de tudo, estão ativamente procurando pessoas escravizadas para libertar e as enviando para Karlinus a fim de que recomecem suas vidas.

— Isso é bom demais para recusarmos — reconheceu Bail. — Mesmo com o histórico da Federação de Comércio, uma chance para desestabilizá-los como essa? Não poderíamos pedir por uma oportunidade melhor.

— Concordo — emendou Mon Mothma. — E entendo o quanto isso é difícil para vocês. Ajudarei de todas as formas possíveis.

— É algo para se considerar — Palpatine disse lentamente. Ele piscou várias vezes, e uma expressão de controle calculado passou depressa por seu rosto. — Mas temo que preciso me retirar. O chanceler não deve se envolver com nomeações ao Senado.

Tecnicamente falando, os senadores também não deveriam, mas era raro algum político chegar em Coruscant sem nenhum aliado.

O chanceler se retirou, e Padmé finalmente se sentou na cadeira ao lado de Mon Mothma. Estava cansada, mas conseguia aguentar mais um pouco. Bail sentou-se atrás da escrivaninha e cruzou as mãos sobre a superfície polida.

— Sabé fez um trabalho incrível — contou ele. — Ainda não sei exatamente como o chanceler descobriu. Ele me procurou depois de uma festa que eu organizei, preocupado com a sua segurança, já que uma dublê estava presente. Não contei tudo a ele.

— Obrigada — disse Padmé.

— Você conseguiu observar algum combate na frente de batalha? — Mon Mothma perguntou. — Nós só recebemos os relatos dos Jedi.

— A situação em Hebekrr Menor estava pior do que o esperado — disse Padmé. Ela se permitiu afundar na cadeira. — A capital estava sitiada. Os soldados clone tinham incrementado as fortificações, e o Jedi supervisionava a defesa. Foi uma incursão pequena, apenas alguns milhares de droides.

— Então, tudo saiu como deveria? — Bail perguntou. — Em termos de cooperação, pelo menos?

— Até onde eu posso dizer, sim — falou Padmé. — O clone no comando, Sticks, era tratado com respeito por todos, assim como todos os seus homens.

— Mas você disse que a situação era pior do que o esperado? — Mon Mothma disse.

— Os Separatistas queriam que a magistrada assinasse um tratado — explicou Padmé. Era uma história familiar. — Ela se recusou, e eles não conseguiam chegar até ela para ameaçá-la diretamente. Então, eles viajaram centenas de quilômetros para sequestrar sua família. Isso aconteceu logo antes de chegarmos. Quando perceberam que nossa nave não seria imediatamente associada com a República, eles pediram nossa ajuda.

— E você os ajudou — disse Bail.

— Trabalhei com o Comandante Sticks em um plano, e nós os transportamos até o acampamento Separatista — contou Padmé. — Tivemos que defender a plataforma de aterrissagem, e a extração foi mais difícil do que todos esperavam, mas não houve baixas em nosso lado.

— Senadores não deveriam se envolver diretamente nesse conflito — advertiu Mon Mothma.

— Com todo o respeito, Senadora — prosseguiu Padmé —, foi exatamente por isso que vocês enviaram alguém como eu nessa missão. Você não aprova a violência, e nunca vai aprovar. Eu admiro isso, e já aceitei essa posição. Tudo que peço em troca é que você aceite que eu sou a pessoa que você envia quando existe a possibilidade de... negociações agressivas.

Aquilo foi o mais próximo que elas chegariam de uma discussão. Mon Mothma considerou as palavras de Padmé por um momento e depois assentiu.

— Como quiser, Senadora Amidala.

— Mais alguma coisa? — Bail perguntou, claramente esperando que não houvesse mais nada.

— Hebekrr vai pedir a entrada na República — disse Padmé. — Não sei se chegarão até o fim do processo, mas precisam da proteção de nosso exército.

Bail esfregou a testa.

— Todos sabemos que não é assim que a República deveria se expandir — falou ele. — Não gosto da ideia de que estejamos operando algum tipo de esquema como um cartel, mas acho que isso é algo que vai aparecer no futuro. E é melhor que eles se juntem a nós do que aos Separatistas.

— Foi o que eu também pensei — disse Padmé.

Bail parecia cansado, e até Mon Mothma começava a baixar um pouco os ombros. Padmé sabia que ambos trabalhavam incessantemente para garantir o futuro da República, e ela estava contente por ter retornado para ajudá-los. E ela até tentou, mas não conseguiu segurar um bocejo.

— Desculpem. Ainda estou sentindo os efeitos da viagem no hiperespaço.

— É claro — disse Bail. — Veremos você amanhã?

— Logo cedo — respondeu Padmé. Ela bocejou de novo. — Talvez não tão cedo.

— Boa noite, senadores. — Mon Mothma levantou-se graciosamente, e eles seguiram seus caminhos.

A calma escuridão do escritório de Palpatine foi perturbada pela raiva ardente de Darth Sidious. Queimava através dele como um fogo purificador, arrancando suas dúvidas e suas preocupações, destilando suas emoções até a absoluta convicção que o tornava tão forte. Relâmpagos arqueavam da ponta de seus dedos até tocarem a escultura negra que ele mantinha em sua sala para ocasiões como aquela, quando tudo que queria era destruir.

Como *ousam*? Depois de todo o tempo que ele passara manipulando a Federação de Comércio, dobrando-a sob sua vontade. Depois de seus investimentos, orientação e ameaças. Como um deles ousava ficar com dor na consciência e decidir reparar aquilo que ele tão cuidadosamente havia quebrado?

Seria fácil eliminar o traidor. Podar aquela rebelião mesquinha na raiz e voltar a atenção de todos para o legado que ele queria que a Federação de Comércio preservasse.

Mas Sidious hesitou. Não tinha chegado tão longe em sua vida agindo intempestivamente e sem significativa premeditação. Aquele Neimoidiano rebelde estava fortalecendo a Orla Exterior, sustentando as pessoas de lá com suprimentos e moral e o conhecimento de que alguns sistemas na galáxia ainda funcionavam. Isso poderia se voltar para seus propósitos. Faria a guerra se arrastar ainda mais. Daria uma chance para a Orla Exterior. Isso os deixaria ainda mais amargurados com a República quando essa chance fosse esmagada. Não, ele não mataria o traidor ainda. Deixaria que fizesse seu trabalho, encontrasse sua redenção. Isso faria sua eventual destruição ainda mais doce.

Sidious pressionou as mãos contra a pedra negra e sentiu seu ódio e raiva acumulados fervendo de volta para ele. Aquilo era sua perseverança. Aquilo era o motivo pelo qual ele venceria. Ele conhecia os canais de poder na galáxia, e sabia como direcioná-los a seu favor.

— Tyranus — disse ele, e o comunicador o conectou com seu aprendiz.

— Mestre? — Ele parecia nunca conseguir pegar Dookan despreparado, não importava a hora que o contatasse. — Precisa de mim para alguma coisa?

— Houve uma complicação em Hebekrr Menor — afirmou Sidious. — A Federação de Comércio não pode se envolver nisso.

— Há rumores de um grupo dissidente dentro da Federação de Comércio, Mestre — falou Dookan. — Gunray e os outros já estão agindo em resposta.

— Então, impeça-os — Sidious ordenou. — Quero que isso se desenvolva antes de ser esmagado.

— Como quiser, Mestre — disse Dookan, então desapareceu.

Ter um aprendiz que gostava de lidar com a política dos Separatistas — e também de ameaçar os políticos Separatistas —

tinha sido uma das melhores ideias que Sidious tivera ultimamente. Nute Gunray o levava a muitas distrações.

Com o assunto devidamente encaminhado, Darth Sidious voltou seus pensamentos para seu assunto preferido: a dominação da galáxia e os bilhões que sofriam sob seu comando.

CAPÍTULO 26

A MANEIRA MAIS FÁCIL de ficar sozinha com Padmé era ser a dama de companhia que a ajudava a se preparar para dormir, então, pela última vez, Sabé vestiu a túnica laranja e puxou o capuz sobre os cabelos. Aquele era o traje que Rabé e Eirtaé haviam criado para chamar atenção. Aquela era a seda que Yané havia rasgado para enviar as mensagens que Saché carregara através do campo de concentração. As cores fortes as engoliam por inteiro, tornando-as ícones em vez de pessoas. Havia vitrais em Theed decorados com aquela imagem, sem nenhuma consideração pela garota que a vestia.

Era sua principal armadura, e Sabé precisava dela agora.

Esperou no quarto de Padmé pelo retorno de sua amiga. Ela sabia que Padmé iria ao Senado primeiro. Ela havia saído mais cedo para que as duas não se encontrassem, retirando-se discretamente para que qualquer um que a visse mais tarde apenas pensasse que a senadora ainda não tinha ido embora. Até o fim, ela interpretou o papel que havia escolhido há tantos anos, quando o Capitão Panás a entrevistara. Seu coração não permitiria que ela fizesse diferente, mesmo se estivesse se partindo.

Ela ouviu no andar de baixo o barulho de Padmé chegando em casa. C-3PO a recebeu, sua voz ecoando pelo apartamento enquanto perguntava a ela se queria algo para comer. Sabé ouviu o murmúrio silencioso da voz de Padmé, provavelmente dizendo *não* e depois desejando boa noite para o Capitão Typho. Sabé poderia ter saído para a antecâmara. Elas poderiam se sentar confortavelmente e conversar. Ninguém as incomodaria. Mas Sabé queria que aquilo acontecesse no quarto onde Padmé mais provavelmente seria ela mesma.

— Deixe as malas aqui, 3PO — a voz de Padmé agora estava muito mais próxima. — Vamos cuidar delas pela manhã.

— Boa noite, Senadora — falou C-3PO. — E, se me permite dizer, é bom tê-la de volta conosco.

Padmé agradeceu a ele e depois entrou em seu quarto.

— Oh — ela disse quando viu Sabé sentada ao pé da cama. O estresse de seu trabalho, disfarçado ou não, sumiu imediatamente. — Estou tão contente por ver você.

— Estou contente por você estar de volta em casa em segurança — Sabé respondeu. — Venha e me deixe pentear seu cabelo antes que ele vire um nó permanente.

Padmé sorriu — seu sorriso verdadeiro, não o sorriso senatorial — e foi se sentar diante da penteadeira. Sabé colocou-se atrás dela com o pente, removeu a faixa dourada e começou a lidar com seus cabelos.

— O seu marido mandou um oi — Sabé lançou após alguns momentos de silêncio.

Todas as defesas de Padmé imediatamente se ergueram de novo. Sabé entendia que era um hábito — necessário para sua sobrevivência —, mas observar aquilo de fora não tinha sido nem um pouco agradável. A dor que causara tinha sido quase imensurável.

— Sabé, eu… — Padmé começou a dizer, mas Sabé ergueu a mão livre, enquanto a outra ainda se movia entre os cabelos de Padmé.

— Não tivemos exatamente muito tempo antes de você ir embora — continuou Sabé. — E sempre colocamos o trabalho em primeiro lugar. Mas magoou mesmo assim descobrir através dele.

— Eu fui egoísta — declarou Padmé. Para alguém tão pequena, ela raramente parecia pequena. Agora era como se afundasse em si mesma. — Ter você de volta comigo foi tão incrível. Apesar de as coisas estarem diferentes, eu não queria que nada mudasse. Eu estava errada e peço desculpas.

— Obrigada — disse Sabé. Seu coração rachou no peito. — Eu também gostava de como as coisas eram antes. Mas acho que não podemos mais continuar daquele jeito.

Padmé ficou em silêncio por um momento. Pareceu uma eternidade.

— Com a guerra, haverá muitos novos desafios — falou Padmé. Partes da senadora emergiam enquanto ela falava. As partes que Sabé não havia conseguido reproduzir. As partes que Padmé havia construído sem ela. — Não sei o que está por vir, mas fico feliz que você estará aqui comigo.

Sabé congelou, o pente parando no meio do movimento. Ela teria que ser mais clara, mesmo se isso partisse o coração de ambas. Padmé ergueu a cabeça e olhou nos olhos de Sabé através do espelho.

— Eu não estarei aqui — anunciou Sabé. — Por favor, não me peça para ficar.

Pela primeira vez desde que elas tinham quatorze anos, a distância entre as duas era incalculável.

— O quê? — espantou-se Padmé. — Por quê? Não estou entendendo.

Sabé baixou o pente sobre a penteadeira e recuou até se sentar ao pé da cama de novo. Padmé virou-se e não se levantou para segui-la. Ela entendia que Sabé precisava de espaço.

— Sem você aqui? Eu tentei — disse Sabé. Tudo saiu de repente de dentro dela: as sensações e emoções que ela havia represado desde a chegada em Coruscant. — Tentei muito ser Amidala, igual costumávamos ser, mas não consegui. Ela mudou. Você mudou. E Anakin é apenas parte disso.

— Como eu mudei? — perguntou Padmé. Ela parecia desesperada para saber. — Foi a guerra?

— Não foi apenas a guerra — explicou Sabé. De repente, ela se sentiu tão cansada que parecia que seus ossos eram feitos de chumbo. — É tudo culpa da política. As conversas, as festas, os acordos e os rumores. Sei que o Senado precisa de todos esses elementos para funcionar, e você é realmente boa nisso. E eu poderia ser muito boa também. Eu fui você e quase ninguém notou. Mas não consigo. Eu também mudei. Não posso enfrentar essa guerra da maneira como você enfrenta.

Padmé inclinou-se para frente e apoiou as mãos sobre os joelhos. Ocorreu a Sabé que ela também provavelmente estava exausta. Mas aquela conversa não podia esperar, ainda mais agora que havia começado. Elas precisavam colocar tudo para fora.

— Quando cheguei aqui foi difícil — contou Padmé. — Pensar nas pessoas como conceitos. Reduzir grandes números a itens em um documento. Esse tipo de coisa.

— Eu me lembro — disse Sabé.

— Se ficou mais fácil agora, isso seria assim tão ruim? — perguntou Padmé. Não foi a senadora perguntando.

Sabé considerou sua resposta.

— Para algumas pessoas, sim — falou Sabé. — Os Jedi, por exemplo. Eles nem sofrem quando seus amigos morrem. Eles só falam de equilíbrio e a Força eterna. É por isso que são tão ruins na política. Eles valorizam toda a vida, mas não possuem praticidade. Mas acho que você vai se dar bem. No fim do dia, mesmo nos mais longos e difíceis, você vai se lembrar.

Padmé levantou-se e foi se sentar junto com ela na cama. Ela pressionou a mão de Sabé entre as suas e inclinou a cabeça sobre o ombro da amiga. Sabé nunca quis se separar dela, mesmo enquanto se preparava para deixá-la.

— E como você vai se lembrar? — perguntou Padmé. — Como vai lutar?

— Voltarei a Tatooine por enquanto — declarou Sabé. — Estamos começando a ver resultados. É uma escala pequena se comparado com aquilo que você faz, eu sei, mas faz mais sentido para mim. Isso me faz sentir como se eu estivesse fazendo diferença.

— Eu entendo — disse Padmé. — Nessa última missão, quando estávamos em Hebekrr Menor, nós resgatamos uma família que estava sendo mantida refém. Não era a coisa mais importante para o Senado, mas, de certa forma, foi importante para mim.

Sabé pousou o rosto sobre a cabeça de Padmé. Ela sentiria muito a sua falta. Por dez anos, Padmé foi o centro de sua galáxia, a estrela-guia pela qual ela tomava todas as suas decisões. Nunca havia imaginado que deixaria isso para trás. Mas a vida tinha outros planos.

— Você gosta do Anakin? — perguntou Padmé. Ela agora parecia como a garota que um dia tinha sido, encolhida no meio de cobertores, perguntando sobre Harli Jafan tantos anos antes. — Você é a única pessoa que passou um tempo com ele já adulto.

— Eu entendo por que *você* gosta de Anakin — disse Sabé. — Ele é um pouco intenso para mim. Ele é completamente dedicado a você, o que eu admiro, mas quando fica com raiva, ele me assusta um pouco.

— Ele é muito poderoso de um jeito que eu nunca poderia compreender — falou Padmé. — Seu senso de justiça é extremo. Houve um incidente com um acampamento Tusken em Tatooine quando estivemos lá.

— Aquilo foi Anakin? — questionou Sabé. — Eles estão falando sobre esse massacre do outro lado do planeta.

— Foi terrível — reconheceu Padmé. — Eu tentei falar com ele depois, mas não consegui chegar muito longe. E então, recebemos a mensagem de Obi-Wan, depois Geonosis aconteceu, e então...

— E então, vocês se casaram — completou Sabé. Ela tentou não parecer estar criticando, mas era difícil.

Padmé virou a cabeça para enterrar o rosto no ombro de Sabé.

— Quando você diz desse jeito, parece terrível — comentou ela, com a voz abafada pelo tecido. — Mas, naquele momento, eu não conseguia me imaginar fazendo qualquer outra coisa. Ainda não consigo.

— Uma vez, você me disse que quando entregasse seu coração a alguém, seria um desastre — Sabé a lembrou. — Eu deveria saber que você não estava exagerando.

— É que é sempre tão eletrizante — disse Padmé. Havia algo em sua voz que indicava sonhos que Sabé nunca tivera, mas entendia o apelo. — Nunca paramos para planejar qualquer coisa porque estamos sempre roubando um momento a sós ou seguindo em alguma missão.

— Parece romântico — ironizou Sabé.

— Parece uma holonovela — Padmé admitiu. — O único tempo que tínhamos para nós mesmos, para *sermos* nós mesmos, era na casa do lago e, mesmo ali, eu me escondia. Mas tínhamos tempo. E conversávamos. Conversávamos muito. Eu quero aquilo de novo.

— Bom, Anakin parece determinado a cortar todos os Separatistas ao meio, e você é uma grande força no plenário do Senado — disse Sabé. — Vocês dois provavelmente vão encerrar a guerra o mais rápido possível. Ainda precisarão continuar escondidos depois disso, é claro, mas pelo menos poderão conversar.

Padmé endireitou-se e olhou diretamente para ela.

— Você está zombando de mim? — questionou ela.

— Sim — disse Sabé. — Mas também acho que estou certa.

— Obrigada. — Padmé suspirou. — Todo esse tempo, tanta coisa que pedi para você fazer ou desistir ou esperar. Desculpe por ter pressionado você a ir mais longe do que gostaria desta vez. Eu não teria conseguido chegar tão longe sem você.

Sabé se virou, tomando as duas mãos de Padmé nas suas. Suas vidas estiveram ligadas de um jeito que era difícil de explicar, suas identidades entrelaçadas para o bem de Naboo. E agora tinha acabado. Elas seguiriam por caminhos diferentes. Sabé aprenderia a projetar sua própria sombra. Ela encarou sua rainha, sua senadora, sua amiga, e ofereceu um triste sorriso.

— Minhas mãos são suas — disse ela. — Por favor, não peça por elas novamente.

Padmé apenas assentiu com lágrimas nos olhos, porque não conseguia falar.

Elas se vestiram para dormir e entraram debaixo das cobertas. Um convite não foi feito e nem aceito, mas o entendimento entre elas não havia mudado. Havia muitas coisas que nunca precisavam falar, e ambas sentiam que já tiveram uma conversa séria o bastante para uma noite.

Elas preferiram puxar os cobertores sobre suas cabeças e rir pelo restante da noite, como faziam quando eram mais jovens. Lembraram-se do show e de outras maneiras com as quais atormentaram Quarsh Panás. Conversaram sobre o dia da eleição na casa do lago, quando Tonra havia olhado para Sabé, e Sabé havia finalmente permitido a si mesma olhar de volta. Conversaram sobre as outras também. A carreira de Rabé e o trabalho de Eirtaé. A quantidade crescente das crianças de Yané e Saché. Elas choraram por Cordé e Yané, e lembraram uma à outra sobre a sorte de terem Dormé.

Sabé adormeceu primeiro, e Padmé olhou para seu rosto sob a pouca luz. As pessoas sempre tinham dito que elas eram quase idênticas. Padmé sabia que isso não era verdade, mas ela passara quase metade da vida aproveitando essa ilusão. Naquela noite, pela primeira vez, ela enxergou as linhas do rosto de Sabé que eram diferentes das suas. As marcas do sol do deserto, a preocupação de uma centena de transportes quando a carga era feita de preciosos seres vivos.

Sabé sempre tivera uma vida separada. Padmé sempre tinha feito o possível para que sua amiga fosse feliz. E se era necessário, então era isso que ela faria. Sabé merecia sair da sombra de Padmé, se assim quisesse. As outras haviam saído, de suas próprias maneiras, e agora era a vez de Sabé. Essa separação doía mais, porém Padmé nunca diria isso a ela. Sabé havia dedicado anos de sua vida a Amidala, os mesmos anos que a própria Padmé havia entregado.

E agora, era o momento de deixá-la partir.

CAPÍTULO 27

NÃO ERA EXATAMENTE UMA volta para casa, mas era próximo o bastante. Com Tatooine crescendo cada vez mais na janela do transporte, Sabé não se arrependia de nenhuma das decisões que a haviam levado até ali. Ela já estava longe de Coruscant por apenas um curto período — o tempo de Mariek levá-la até a central e ela embarcar no transporte — e já se sentia mais calma, mais confiante de si mesma. A parte de si que era Amidala estava triste por desistir das luzes e do poder do Núcleo Galáctico, mas a parte que era Sabé tinha a certeza de que ela havia feito a escolha certa.

Tonra a recebeu na plataforma de aterrissagem. Ele sorriu quando a viu no meio da multidão, e assim que ela chegou perto o bastante, ele a agarrou em um abraço. Ela se perguntou se era isso que Padmé sentia quando via Anakin depois de passarem um tempo separados. Então, ela decidiu que não se importava.

— Estou muito contente por você ter voltado — disse Tonra.

— Eu sei que você não sentiu falta da minha comida — brincou Sabé. Ele riu.

— Não, não senti — confessou ele. — Mas nós começamos isso juntos. É melhor quando você está aqui.

Ela tomou a mão dele — fingir serem casados tinha suas vantagens — e eles seguiram para casa. Mos Eisley não havia mudado. As ruas ainda estavam cheias de negociantes vendendo produtos questionáveis e pessoas tentando ganhar a vida, um dia por vez. Os sóis eram escaldantes. O vento não ajudava em nada. E Sabé já tinha areia em seus dentes.

Quando chegaram em casa, Sabé desfez as malas rapidamente enquanto Tonra preparava um pouco de caf e servia os biscoitos duros que havia feito no dia anterior. Sabé sentou-se na sua frente e mordeu um deles.

— Você quer conversar sobre isso? — Tonra perguntou depois de tomar um gole de seu caf.

Por um momento, Sabé não tinha certeza, mas então decidiu que não apenas queria conversar sobre isso, ela queria conversar com ele, especificamente. De todas as pessoas que haviam trabalhado com Padmé Amidala, ele poderia entender melhor.

— Acho que pedi demissão — falou Sabé. — Eu disse a ela para nunca mais pedir que eu voltasse.

Tonra tirou os dedos dela da xícara e os apertou.

E então, a história se derramou toda para fora. Toda a mesquinharia da política do Senado em Coruscant. A maneira como ela se sentira deslocada sempre que vestia as roupas de Amidala. Como foi horrível finalmente confrontar Padmé e esclarecer tudo com ela. Era como se não conseguisse parar de falar. E, pela primeira vez, ela não precisava, apesar de deixar a parte de Anakin de fora. Ela respeitava a privacidade de Padmé nesse sentido. Tonra não a interrompeu e não soltou sua mão.

— Você quer um abraço? — ele perguntou quando ela finalmente terminou.

— Quero — ela sussurrou. Ela se sentia esgotada e vazia, renovada e segura de si.

Tonra levantou-se e a puxou para seus braços. E foi um abraço diferente do que aquele na plataforma de aterrissagem. Aquilo foi felicidade e companheirismo. Agora era a promessa de uma fundação sólida, onde quer que ela decidisse ficar.

— Eu sempre soube que ela não me escolheria — ela disse em seu peito, e Tonra acariciou seu cabelo. — Só pensei que ela fosse escolher *mais*. Como um planeta. Ou uma espécie.

Ele a abraçou apertado por mais um tempo, então deu um passo para trás. Quando ergueu os olhos, ela viu o carinho naquele rosto que costumava assustá-la tanto.

— Você quer ver o que escolheu? — ele perguntou.

— Sim? — respondeu ela, pronta para concordar com ele mesmo sem saber do que estava falando.

Ele riu e foi até a mesa que usavam como escrivaninha. Ele abriu uma gaveta e tirou uma caixa.

— Abra — ele disse, passando o objeto para ela.

Sabé destravou a fechadura e abriu a tampa. Dentro da caixa havia um pequeno dispositivo diferente de tudo que já tinha visto antes. Parecia montado com peças aleatórias. Ao olhar mais de perto, ela entendeu que era algum tipo de scanner.

— É assim que eles encontram os chips — constatou ela. Ela segurava a liberdade em suas mãos, e nunca se sentira tão poderosa.

— Com algumas modificações, sim — confirmou Tonra. — Nosso contato nos deu um desses quando eu disse que talvez pudéssemos melhorar o dispositivo.

— E por "nós" você quer dizer Rabé? — ela perguntou.

— Sim — disse Tonra. — O dispositivo em si precisa ser simples, porque precisa ser fácil de reproduzir com qualquer parte disponível. O ideal seria que funcionasse em outros planetas, mas no momento eles estão apenas focados em Tatooine. O problema era a programação. Os chips paravam de funcionar e eles precisavam começar do zero.

— Programação de alto nível em um dispositivo de aparência inofensiva é a especialidade de Rabé — comentou ela.

— Eu notei — falou Tonra. — Ela também enviou várias modificações que podemos tentar, e uma versão de alta tecnologia, caso isso seja útil algum dia.

— E funciona? — Sabé questionou.

— Como disse meu contato, funciona e continua funcionando — respondeu Tonra. — Os ciclos são mais rápidos, então fica sempre na frente das medidas de defesa. A organização aqui está ansiosa para se expandir.

— Incluindo nós? — Sabé perguntou. — Acho que a fábrica de água provavelmente já me demitiu.

— Eu não queria responder por você enquanto estava fora — disse Tonra. — Mas, sim, isso inclui a nós dois.

Ela baixou a caixa e o abraçou pela terceira vez. Sabé podia sentir sua surpresa quando os braços dele a envolveram mais uma vez. Ela não costumava mostrar afeto daquele jeito, mesmo quando eles voltavam a ficar juntos. Ela olhou para ele e sorriu.

— Preciso de um tempo, eu acho — disse ela. — Para descobrir quem eu sou, quando não preciso ser ela.

— Eu entendo. Você tem todo o tempo que precisar comigo, você sabe disso.

— Eu sei — falou Sabé. — Mas eu estava pensando se você talvez quisesse ajudar?

Beijá-lo *era* como voltar para casa. Ela entendeu isso de repente, porque nunca tinha pensado assim. Sempre havia Amidala no fundo de sua mente, mas agora a sombra havia se dissipado e ela tinha as duas estrelas de Tatooine para iluminar seu caminho. Sorriu contra a boca dele, e Tonra riu. Sabé queria ficar naquele momento para sempre, mas também sabia que haveria mais no futuro se ela seguisse em frente.

— Posso apresentá-la para os White Suns? — ele perguntou.

— Sim — disse Sabé.

Ela estava pronta para voltar ao trabalho.

CAPÍTULO 28

Suas agendas raramente coincidiam, mas Padmé mantinha suas noites livres. Eles haviam arranjado um meio de comunicação seguro através dos droides que os serviam tão fielmente. Agora que Anakin era um Cavaleiro Jedi, ele podia ir e vir do Templo com mais liberdade. Obi-Wan provavelmente se perguntava para onde Anakin ia, mas nunca mencionaria diretamente. O tempo de Anakin em Coruscant era apenas dele, na maior parte, e o tempo que não passava com o Chanceler Palpatine era guardado ferozmente para Padmé.

O apartamento dela já estava escuro quando ele chegava. Agora, as damas de companhia a deixavam sozinha à noite. Ele sabia que algumas delas ao menos suspeitavam da verdade, e ele agradecia a discrição. Os guardas, ele evitava.

C-3PO estava sempre lá para recebê-lo e guardar sua capa. Às vezes, Anakin levava R2-D2 junto, e os dois droides ficavam conversando, mas normalmente C-3PO se retirava para fazer qualquer coisa depois de dizer oi. A princípio, era difícil para Anakin ver o droide. Havia tantas lembranças naqueles fios, cada sucata de metal e linha de programação extraídos de praticamente nada enquanto ele vivia como escravo sob os sóis de Tatooine. C-3PO era a última coisa na galáxia que ele havia compartilhado com sua mãe. Entregá-lo a

Padmé era o único presente que podia dar. Como um Jedi, ele não tinha mais nada.

Mas como ele havia dito a ela há tantos anos, ele também era uma pessoa, e pessoas possuem corações. Ele entregou o seu a ela sem perceber, muito antes de fazer qualquer juramento aos Jedi. Vê-la novamente dez anos depois foi uma revelação e uma promessa. Ele não hesitou em entregar seu coração novamente, mesmo quando ela tentou, por causa de seu dever, recusá-lo. Quando ela o aceitou, ele nunca se sentiu tão feliz, mesmo com os dois correndo perigo de morte. O amor dela lhe dera a força para lutar na arena quando não havia mais esperança e, quando perdeu sua mão, foi a mão dela que o ajudou enquanto ele se recuperava.

Ele não estava com R2-D2 naquele dia. Ele foi educado com C-3PO, mas claramente tinha outras coisas em mente, e o droide não demorou para se retirar. Anakin atravessou a antecâmara, sem parar para admirar a vista ou a suavidade do tecido do sofá como poderia ter feito em outros dias.

Ela o recebeu na porta de seu quarto, etérea e maravilhosa, com um sorriso que ele sabia que era só dele.

— Anakin — disse ela, e jogou os braços ao redor de seu pescoço.

Ele nunca se cansaria de abraçá-la. Ela era tão pequena e tão frágil. Ele sabia que ela podia cuidar de si mesma — já tinha testemunhado isso em mais de uma ocasião —, mas ele faria qualquer coisa para protegê-la, qualquer coisa para mantê-la segura. Ele a amava, e ela o amava, e nem o Senado e nem os Jedi conseguiriam mantê-los separados. Ele não permitiria.

— Você sempre me aperta quando chega aqui — falou ela, rindo.

— É porque estou tão apaixonado por você — ele declarou, mas aliviou o abraço.

Ela pressionou um beijo nos lábios dele, seu toque muito leve e lindo, assim como ela. Padmé tomou suas mãos e o conduziu até a poltrona ao lado da janela.

— Sente-se comigo um pouco — ela pediu.

Ele sentiu uma onda de tristeza vindo dela. Não era relacionado a ele, não exatamente, então não insistiu em saber. Ainda estavam entendendo como se encaixavam juntos, e morar separados não ajudava. Ele tentava dar todo o espaço de que ela precisava, embora não soubesse ao certo o quanto era isso. Não havia ninguém para quem pudesse perguntar, exceto talvez seu meio-irmão, e Anakin não sabia se queria seguir por esse caminho. Se fosse um problema, ele resolveria mais tarde.

Ele se sentou sobre a larga almofada e se recostou contra os travesseiros. Padmé retirou as leves sandálias que vestia e recolheu os pés sob seu corpo quando se aninhou ao lado dele. Anakin puxou uma coberta ao redor dela, mesmo sem saber se estava com frio. Era a coisa educada a fazer, e ela havia feito isso a ele mais de uma vez.

— Isso é perfeito — ele disse quando se acomodaram. — Eu acho.

— É uma das coisas que mais valorizo — Padmé concordou. — Eu não sabia que poderia ser tão feliz em Coruscant.

— Eu deixo você feliz? — Anakin já sabia disso, mas ainda assim o encantava ouvir aquilo.

— É claro que sim — falou Padmé. — Foi por isso que me casei com você.

— Achei que fosse por todas as emocionantes aventuras — Anakin zombou.

— Depois da semana que tive, não preciso de mais aventuras, pelo menos por enquanto.

— Então, você veio para o lugar errado — disse-lhe Anakin com um tom mais sério. Com o braço ao seu redor, ele quase podia alcançar os pés dela.

— Esta é minha casa — ela protestou, mas foi interrompida quando Anakin começou a lhe fazer cócegas.

Sua risada era discreta o bastante para Anakin não se preocupar sobre alguém ouvir. Ela tentou se livrar, mas entre a risada dela e a força dele, Padmé não tinha chance. Ambos estavam sem fôlego quando ele finalmente a soltou, e ela bateu em seu ombro assim que retomou algum controle.

— Isso não foi muito cavalheiresco da sua parte — acusou ela. Seu rosto estava corado.

— Não vim aqui para ser um cavalheiro — defendeu-se ele.

Ela ficou ainda mais corada.

— Está zombando de mim de novo? — perguntou ela. — Achei que você tinha medo demais para zombar de uma senadora.

— Não quando a senadora é minha esposa — argumentou ele. Ele a puxou para seu colo. — Daí vale tudo.

— Eu gosto dessa palavra — ela disse suavemente. — Marido, esposa.

— Eu digo sempre que posso — ele confessou. — Mesmo quando estou sozinho no Templo.

Desta vez, os lábios dela se demoraram sobre os lábios de Anakin, pressionando gentilmente, mas com determinação. As mãos dele subiram sobre suas costas até se perderem entre seus cabelos. Ele nunca desistiria daquilo. Nunca poderia.

Eles ficaram ali, confortáveis, observando as luzes de Coruscant, até a suave luz do amanhecer tocar o horizonte, afastando toda a escuridão.

ERA UMA VEZ, UMA garota com coração e pulmões e um planeta que ela queria governar, e o destino disse que ela podia apenas escolher um. No topo da montanha, ela escolheu: seu planeta em primeiro lugar. Seu povo em primeiro lugar. Seu mundo, primeiro.

Deram-lhe um aparelho no peito para processar o ar e mover seu sangue. Sua recuperação levou muito, muito tempo, mas ela sobreviveu, e ficou mais forte de novo à medida que se curava. Seu mundo a amava. "Ela será nossa rainha", eles diziam. "Ela nos deu seu coração e o próprio ar que respira."

Ela aprendeu a política de Alderaan e a etiqueta das Grandes Casas. Encontrou um garoto que a amava o bastante para tomar seu nome, renunciando seu próprio legado para sempre sob a sombra dela. Juntos, mantiveram o planeta forte. Ela cuidava do povo, e ele, alçado ao Senado, garantia que a galáxia nunca se esqueceria do que Alderaan podia oferecer.

Não sabia como enfrentar uma guerra.

Alderaan podia pagar por quase tudo, mas ela sabia que apenas os créditos não resolveriam tudo. O Grande Exército da República era feito inteiramente de soldados clones, mas eles ainda precisavam de transportes de apoio e naves de suprimentos. Alderaan se mobilizou, não pela guerra, exatamente — embora eles lutariam, se fosse preciso —, mas para ajuda.

Não apenas enviaram dinheiro para planetas devastados pelos Separatistas; enviaram doutores e professores e arquitetos. Não enviaram apenas suprimentos quando cidades inteiras foram destruídas; enviaram construtores, médicos e droides.

Enquanto seu marido debatia política em Coruscant, ela enviava seu povo para as ruas de lugares perigosos onde havia mais carência. Alguns nunca retornavam, mas suas famílias não a culpavam. Ela também havia se sacrificado, e eles sabiam que, quando precisasse, ela se sacrificaria de novo.

O coração de Alderaan havia mudado. Ainda era um planeta pacífico sem armamentos de larga escala, mas era organizado. As naves da frota real tinham mais força, seus oficiais tinham enfrentado mais dificuldades.

Os pulmões de Alderaan haviam mudado. Ainda produziam arte e viviam para a beleza, mas agora construíam itens mais práticos, e em grandes quantidades. As pessoas ainda eram sonhadoras, mas seus sonhos se estendiam além dos limites da atmosfera.

O mundo de Alderaan havia mudado. Ainda era um belo lugar que escondia desfiladeiros traiçoeiros e abismos esquecidos, mas estava silenciosamente se enchendo. Refugiados de toda a República chegavam para encontrar um outro caminho, ou para ficar. Era um lugar mais cosmopolita, mais criativo. Mais perigoso para aqueles que queriam o mal.

A mudança aconteceu tão lentamente que ninguém notou de fato; ninguém na luz e ninguém na escuridão. Mas havia mudado. Cresceu até se tornar algo que a galáxia iria precisar, embora ninguém ainda soubesse. E, no centro de tudo, estava a garota.

Breha Organa construiu algo incrível e, ao fazer isso, estabeleceu a fundação para alguém que seria ainda mais.

AGRADECIMENTOS

SINTO QUE MOVEMOS UMA montanha. Depois de vinte anos de espera, não apenas tivemos uma história de Padmé, mas TRÊS. E isso é graças a vocês, queridos leitores. O apoio de vocês significou tudo para mim durante esta trilogia (TRILOGIA!!!), e estou muito feliz por termos vivido isso juntos.

Josh, comparado aos dois primeiros, este foi quase normal! Você não precisou descobrir em que fuso horário eu estava nem nada disso. Obrigada por sempre apoiar meus livros. O que devemos fazer a seguir?

Jen, eu preciso dizer, teve uma paciência INFINITA comigo neste projeto. Perdi todos os prazos. Entreguei o manuscrito mais curto de TODOS os tempos. Com uma frequência alarmante, esqueci como se escreviam os nomes de personagens que eu mesma inventei. E, mesmo assim, ela nunca desistiu de mim nem me fez sentir que estava fracassando. Obrigada por guiar este livro, por dar instruções precisas quando meu cérebro precisava e por entender que, em alguns dias, eu estava um completo desastre. Conseguimos. No fim das contas.

Emma Higinbotham, Anna-Marie McLemore e Dot Hutchison foram membros incríveis da equipe "Não posso explicar nada, mas tenho algumas perguntas". Ter amigos que podem te ajudar E ao mesmo tempo não violar seu ACORDO DE CONFIDENCIALIDADE é um verdadeiro bônus nesse ramo.

Tara Phillips e Leigh Zieske mais uma vez se uniram para criar um design e arte da capa EXCEPCIONAIS. As duas fizeram um trabalho INCRÍVEL nesta série, e eu as adoro demais.

Como sempre, sem o Story Group, eu estaria à deriva em um mar de "Pablo, preciso de planetas". Em especial, quero agradecer a Emily Shkoukani, que dedicou muito do seu tempo pessoal para garantir que eu construísse os personagens exatamente como queria.

Por fim, quero agradecer aos meus leitores. Quando *O desafio da rainha* foi lançado em junho passado, passei por um período bem difícil, e vocês foram incríveis. Escrever é o meu trabalho, mas gosto muito mais quando estou me divertindo — e vocês garantem que isso aconteça. Mal posso esperar para encontrá-los de novo.